Days of My Past

512首詩，重返金子美鈴的純真年代

金子美鈴

一抹小草，一朵白雲，一陣微風，寫下曾經。

金子みすゞ全集

紙拉窗

房間的紙拉窗是棟樓房

白色美麗的石牆
十二層通往天空
房間共有四十八

有一個房間趴著蒼蠅
其他房間都空著

剩下的四十七個房間
誰會進來呢

一扇窗開著
哪個孩子會探頭看呢

—— 窗是我以前嘔氣時
戳開的小洞

一個人獨處漫長的白天
從窗口望見的藍天
轉眼間變暗

魚

海裡的魚真可憐

稻米被人種植
牛被飼養在牧場
鯉魚也在池塘被餵著麥麩

可是海裡的魚呢
從來沒人照管
也從不調皮搗蛋
卻這樣被我吃掉

魚真是太可憐了

雲

我想變成
雲

輕飄飄、軟綿綿
從藍天的這頭
飄到那頭
看完風景
晚上跟月亮
捉迷藏

玩膩了
就變成雨
跟雷哥哥
結伴
跳進
自家的池塘

戲棚

戲棚
是用草蓆搭建的
演出
昨天結束了

戲棚的
附近
牛犢
正在吃草

用草蓆搭建的
戲棚西邊
落日
沉入大海

草蓆戲棚的
棚簷上
海鷗
被染紅

蔬果店的鴿子

鴿媽媽、小鴿子
鴿子三隻
在蔬果店的房檐上
咕咕地叫

茄子的紫
捲心菜的綠
草莓的紅
個個美麗鮮豔

買些什麼呢
白鴿子
佯裝不知
咕咕地叫

天空的那頭

天空的那頭有什麼？

雷神爺不知道
積雨雲不知道
太陽公公也不知道

天空的那頭
海和山都會說話
人會變成鳥
是個不可思議的
魔法世界

樂隊

放電影的樂隊
越走越近

我悄悄轉身一看
媽媽正低著頭做針線活

放電影的樂隊
正好走到了門前

是先向媽媽說一聲「對不起」
還是悄悄跑出去看呢

放電影的樂隊
越走越遠

萬寶槌

如果有一把萬寶槌
我能搖出什麼呢

羊羹、蛋糕、甜豆
跟姐姐一樣的手錶
當然還要搖出一隻
會唱歌的白鸚鵡
和戴紅帽的小人偶
每天看她跳舞

不不，比起這些
要是能像童話裡的一寸法師那樣
一下子長高變成大人
該多開心啊

女兒節

女兒節到了
可我什麼都沒有

鄰家的小人偶很漂亮
可它是別人的

我與小人偶兩個
一起吃菱角吧

日月貝

西邊的天
暗紅色
火紅的太陽
沉入海中

東方的天
珍珠色
又圓又黃的
月亮升起

落進黃昏的
太陽
和沉入黎明的
月亮
相逢在深深的
海底

有一天
紅中泛著淺黃的
日月貝
被漁夫撿到了

取瘤子

—— 民間傳說之一

好心眼的爺爺臉上沒長瘤子
總覺得缺點什麼
壞心眼的爺爺臉上瘤子在增多
每天哇哇哇地哭

好心眼的爺爺去探病：
「我的瘤子怎麼長到你臉上了
哎呀呀，真可憐
一起再去一次吧」

兩個人從山裡結伴出來
好心眼的爺爺一個瘤子
壞心眼的爺爺一個瘤子
兩個人都笑呵呵

輝夜姬
　　　—— 民間傳說之二

從竹子裡
出生的小姑娘
回到了
月宮

回到月宮的
小姑娘
每夜每夜
看著月下的世界哭泣

小姑娘哭著
思念她長大的家
糊塗的人們哭著
覺得她很傻

小姑娘每夜每夜
都在哭
月下的世界
變得天翻地覆

老頭兒和老太太
都死了
糊塗的人們
就把他們都忘了吧

一寸法師
—— 民間傳說之三

不再是一寸法師的
一寸法師當了官
帶著一隊人馬
回到了老家

爸爸媽媽笑容滿面
為迎接一寸法師
他們做了一個小小的竹轎子
轎夫是身手敏捷的田鼠
嗨呀、嗨呀，抬著轎子迎出門
哎喲、哎喲，威風凜凜的隊列
轎子裡坐著什麼大人物呀

那是不再是一寸法師的
當了官的一寸法師

海中龍宮
—— 民間傳說之四

海中龍宮瓊樓玉宇
月夜一樣湛藍美麗
龍宮的仙女在藍色的宮殿
今天也守望一天大海
總是、總是守望著大海

再眼巴巴地望
浦島君
返回陸地的
浦島君——

海中王國的白天寧靜
唯有紅色的海藻
搖曳著淡紫色的影子

一百年過去了，龍宮仙女
依然、依然守望著大海

麻雀的家
—— 民間傳說之五

春天來到了麻雀的家
房檐上的草也發了芽

破殼而出的小麻雀
還不會要吃要喝
牠們擠在鳥窩裡低著頭
哭個不停

雀爸爸可憐牠們
買好了賞櫻時穿的寬袖和服

媽媽也可憐牠們
做好了賞櫻時吃的糯米丸子

即使這樣，小麻雀還是
哭個不停

廟會時節

搭好了花車
海邊也設了冷飲鋪

後門的桃子紅了
蓮池的青蛙欣喜若狂

考試昨天也結束了
薄薄的絲帶也買好了

就等著廟會來了
就等著廟會來了

麻雀媽媽

小孩兒
捉住了
小麻雀

小孩兒的
媽媽
笑了

麻雀的
媽媽
看到了

屋頂上
麻雀媽媽一聲不吭地
都看到了

月亮和雲朵

在天空曠野的
正中央
月亮和雲朵
突然相遇

雲朵匆匆
來不及躲閃
月亮也匆匆
收不住腳步

哎呀，對不起啊
月亮滿不在乎
踩過雲朵
匆匆而去

雲朵也淡定自若
被月亮踩過腦袋
卻穩坐如山
使勁兒吆喝

愛哭蟲

「愛哭蟲、毛毛蟲
趕緊捏住扔遠了」

好像有誰這麼說過

悄悄環顧四周
櫻花樹的綠葉影子裡
剛好趴著一隻毛毛蟲

旋轉木馬的影子照在地上
運動場空空蕩蕩

遠處校舍的風琴聲
靜靜地迴響

事到如今也回不了家
只好把櫻花樹葉撕了又撕

小疑惑

只有我
挨了罵
罵我
女孩子逞什麼能

只有哥哥
像親生的
我是
不知哪兒來的野孩子

真正的家
在哪兒呢

老母雞

一隻
老母雞
站在
荒廢的田地上

老母雞
站在田地上想
離別的小雞仔
現在都怎麼樣

長滿雜草的
田地裡
大蔥冒出三四根
光禿禿的花蕾

髒兮兮的
白母雞
站在荒廢的
田地上

葫蘆花

天空的星星
問葫蘆花
你
寂寞嗎？

乳白色的
葫蘆花
回答道：
我不寂寞呀

天空的星星
從此
全神貫注地
發光

變得孤單的
葫蘆花
漸漸地
垂下了頭

盒子的家

盒子的家做好了

已不是香皂盒
也不是點心盒
那是我的家

正面是白石砌的大門
屋後有美麗的花圃
房間共有十一個
是非常漂亮的家

然後，我住進去
變成可愛的小公主

漂亮的家被拆了
又變成了一堆盒子
我擦著老舊傾斜的
房間柱子

栗子

栗子、栗子
什麼時候落下來

我想要一個
雖然想摘
可是栗子還沒落
如果硬摘的話
栗子樹
會生氣吧

栗子、栗子
快點給我掉下來
我是一個乖孩子
等著你落下

肉刺

舔也好，吸也罷，還是疼
無名指上的肉刺呀

想起來了
想起來了
以前聽姐姐說過的

「手上長肉刺的孩子
是不聽話的孩子」

前天，我哭著鬧彆扭
昨天，沒給媽媽當幫手

給媽媽道個歉
就不疼了嗎？

廟會過後

廟會過後的
笛聲
離開了
鑼鼓的喧囂

總覺得寂寞
笛聲
響徹在
藏藍色的夜空

藏藍色夜空的
天河
此時
變得白亮

紫雲英園

花稀稀疏疏地
開著
紫雲英園
被犁耕

被溫順的
黑牛
拉著的犁
翻動時
花和葉
都漸漸
被埋進重重的
黑土下

空中
雲雀在叫
紫雲英園
正被犁耕

編麥稈的童謠

我編的麥秸稈
會變成什麼樣的帽子呢

它被染上深藍色
縫上紅絲帶
擺放在遠方城市的櫥窗
沐浴著明亮的燈光
很快就會被梳娃娃頭的少女
戴在頭上

我也想跟著它去看看

瀨戶的雨

下下停停的毛毛雨
來來去去的擺渡船

潮水在瀨戶相遇
「今天天氣真糟糕」
「你去哪兒？」
「去對面的外海」
「我去那邊啦，再見」
潮水打著漩渦

來來去去的擺渡船
雨下下停停，迎來黃昏

內海外海

內海嘩嘩啦啦
外海隆隆轟鳴

內海是沙灘
外海是石灘

內海濃綠
外海淡藍

內海愛使壞
外海好發火

內海是女孩
外海是男孩

在瀨戶喧嚷的
漩渦翻捲

海的孩子

找到海的孩子了
他在巨大的岩石上
找到海螺的孩子了
他混跡在海的孩子中

海的孩子很可愛
海螺的孩子也可愛

鬼味噌

鬼味噌，膽小鬼
在家是老虎
出門是豆腐
總是哭著回

鬼味噌，膽小鬼
多可笑啊
在家
欺負小妹妹

鬼味噌，膽小鬼
跟誰玩兒？
跟鬼和味噌
兩個人玩兒

桂花

桂花的香
瀰漫庭園

房前的風
在門口
嘀咕著
是進還是不進

睫毛上的彩虹

怎麼擦、怎麼擦
都會湧出
我一邊流淚
一邊想

── 我肯定是
抱來的孩子──

看著眼睫毛上
美麗的
彩虹
我想

── 今天的零食
是什麼呢──

煤油燈

來到
鄉村的廟會
才知道秋日晝短
已是黃昏

抬神轎的聲音
變遠時
黯淡的煤油燈
無依無靠……

盯著四周
會聽見
蟲子不知在哪兒
小聲地叫著

沙子王國

我現在是
沙子國的國王

我要把山脈、峽谷、原野和河流
都變成我的所想

童話裡的王侯
恐怕也無法改變
自己國家的山川吧

我這個國王
可真了不起呀！

橡子

橡子山上
撿橡子
放進帽子裡
裝進圍裙兜
下山時
拿著帽子礙事呀
怕滑倒
倒掉橡子
戴頭上
下了山
田野花盛開
摘花時
圍裙裡的橡子
也礙事呀
最後
只好都扔掉

沒有眼睛的馬

白鐵皮的馬
沒有眼睛
白鐵皮的騎兵再急
沒有眼睛的馬也看不見路

被白鐵皮的騎兵抽打
白鐵皮的馬亂衝一陣
跑過蕎麥地
越過紅馬蓼林
然後一頭撞到朴樹上

白鐵皮的馬哭了
白鐵皮的騎兵也哭了

偷懶的鐘錶

掛鐘說
今天星期日，秋高氣爽
丈夫的單位也休息
兒子、女兒大家都休息

只有我滴答滴答
勤勞工作好無聊
我也午休一會兒吧

偷懶的鐘錶被發現
被使勁兒上緊了發條
說著對不起，又滴答轉起來

蟋蟀

蟋蟀
掉了
一條腿

雖然訓了
追趕牠的
貓

白得晃眼的
秋日陽光
卻若無其事

蟋蟀
掉了
一條腿

初秋

涼爽的晚風吹過

若在鄉村，這時
會遠遠看到海上的晚霞
有人牽著黑牛回家

水色的天空中
烏鴉成群叫著歸巢

地裡的茄子都摘了嗎
稻穗也該開花了吧

這個冷清、冷清的小鎮呀
只有房屋、塵埃和天空

幾重山

小鎮的後面有一座矮矮的山
山後有一個村莊
村莊的後面有一座高山
高山的後面就不知道有什麼了

要翻越多少座山
才能看到夢中懷念的
黃金城堡呢

閃亮的頭髮

落山了，落山了呀
來到海濱
看又紅又大的
落日西沉

閃啊、閃啊
金色的絲
閃亮的頭髮
凝望著夕陽

編呀、編呀
編織鮮紅的球吧
用金色的絲
縫上麻葉吧

草原

如果光著腳
走在有露水的草原
腳會染綠吧
也會沾上草香

一直走啊
直到變成一棵草
我的臉蛋兒
會變成美麗的花綻放

白天的煙花

買回線香煙花的
那天

等不及
夜晚來臨
就躲在倉庫裡
點燃了它

煙花變成
芒草、落葉松
劈啪劈啪
放完了

我突然
有點寂寞了

七夕小竹

迷路的小麻雀
在海濱發現了一片小竹林

五顏六色的紙條上寫滿心願
是竹林節嗎？好開心啊

小麻雀躲進沙沙作響的小竹林
酣然入睡時
家被海水捲走

太陽無聲地沉入大海
銀河浩瀚如初

天終於亮了
睡在海中的小麻雀被驚醒
可愛的小麻雀，可憐的小麻雀

放河燈

昨晚放走的
河燈
漂到
哪兒去了呢

向西、向西
無止境地
直到
天空和大海的盡頭

啊,今天
西邊的天空
如此鮮紅

和服禮裝

秋日幽靜的黃昏
穿上了漂亮的和服禮裝

白色的家徽是月亮
裙襬上水色的圖案
是模糊了深藍色的山巒
海是閃亮亮的銀粉

散落在深藍色山巒
閃閃燈光如同刺繡

要嫁到哪裡呢
秋日幽靜的黃昏
穿上了漂亮的和服禮裝

美麗的小鎮

偶然想起，那個小鎮
河畔的紅色房頂

然後，清澈的河面上
白色的船帆
輕輕、輕輕地飄動

然後，坐在河岸草地上
寫生的年輕叔叔
呆呆地望著河水

然後，我做了什麼呢
在怎麼也想不起來時
才想起這是我從誰那兒借的
一本書裡的插圖

獨門獨院的鐘錶

太陽升到了天空的正中央
遲緩的鐘錶慢了不少呀
正好，對著太陽調時間

鄉村獨門獨院的鐘錶
整天打著哈欠犯睏

博多人偶

蟋蟀
叫著
在深夜街道的
垃圾箱

一扇明亮的
櫥窗
青燈映出
博多人偶
眼角上的痣

蟋蟀
叫著
在深夜街道的
垃圾箱

魔杖

玩具店的老闆
睡午覺呢
在春日的護城河畔

在這裡的柳蔭下
我一揮魔杖
店裡的玩具都活了
橡皮鴿子展翅
紙糊的老虎發出吼聲……

這樣的話
玩具店的老闆
會露出什麼表情呢

四月

新課本
裝進新書包

新葉
在新枝上萌芽

新的太陽
升起在新的天空

新的四月
快樂無比

秋高氣爽

好天氣、好天氣
河畔的樹梢上
百舌鳥在高叫

曬乾、曬乾了
收割的稻穀
掛在朴樹上

一輛接著一輛
對面的街道上
裝滿稻穀的車駛過

好天氣、好天氣
無邊的天上
百舌鳥叫個不停

噴水的烏龜

神宮裡的噴水池
不再
噴水了

不再噴水的小烏龜
仰望著天
看起來很寂寞

混濁的池水面上
悄悄地
飄下幾片落葉

行軍象棋

行軍象棋的騎兵
成了敵人的俘虜

成為俘虜的騎兵
想逃出手掌的陣地
因為驚慌從手掌上掉下

哎呀、哎呀，糟糕啦
快來救我呀，我要燒死了

嚇了一跳的小蒼蠅看了一眼
沒有火的火盆正中央
騎兵全身沾滿了灰

忙碌的天空

今晚的天空很忙碌
雲匆匆地飄去

與半個月亮撞在一起
也滿不在乎地飄去

小雲朵悠來轉去討人嫌
大雲朵隨後緊追

半個月亮也在奔跑
穿過、穿過雲朵

今晚的天空很忙碌
真的、真的很忙碌

燕子的筆記本

早晨寧靜的沙灘上
發現了一冊筆記本
紅綢封面，燙金文字
裡面的紙潔白得跟新的一樣

是誰丟的呢
問波浪，波光粼粼
四處尋找失主
沙灘上連個腳印都沒有

一定是南歸的燕子
在天亮時飛過
打算寫旅行日記
卻將買來的筆記本掉在了這裡

彩紙

今天是冷清的陰天
煩人煩人的陰天

幾隻白鴿子
在陰沉沉的碼頭上覓食
多想在牠們細小的腳脖上
繫上五顏六色的彩紙呀

然後，如果鴿子帶著彩紙飛起來
那天空該有多麼美麗啊

茅草花

茅草花、茅草花
潔白、潔白的茅草花

傍晚的河堤上
想拔掉一朵茅草花
它搖搖頭
別拔、別拔

茅草花、茅草花
潔白、潔白的茅草花

在晚風中
飛吧、飛吧
化作傍晚天空中的
白雲吧

午夜的風

午夜的風可真調皮
獨自刮過總覺得無聊

吹動合歡樹的葉子吧
被吹拂的樹葉
夢見自己坐在船上

吹動草葉吧
被吹拂的草葉
夢見自己在盪秋千

晚風覺得有些無聊
獨自刮過天空

郵局的山茶花

開滿鮮紅山茶花的
郵局令人懷念

常常斜靠著看雲的
那黑色的大門令人懷念

撿起小小的山茶花
裝進白圍裙兜
郵差看著我笑了
那一天令人懷念

山茶樹被砍倒了
黑色大門也被拆掉了

油漆散發著新鮮的味道
郵局開始營業了

白天的燈泡

小孩不在的
小孩房間
獨處的燈泡
很孤單吧

燈泡自己
冷冰冰的
明亮的視窗
照進陽光

一隻蒼蠅靜靜地
趴在上面
白天的燈泡
很孤單吧

天空的顏色

大海、大海，為什麼碧藍？
因為天空映在海水中

陰天的時候
大海也灰濛濛的

晚霞、晚霞，為什麼通紅？
因為夕陽是紅的

可是，白天的太陽
不是藍的，為什麼天是藍的？

天空、天空，為什麼是藍的？

樹

花兒凋謝
果子長熟

果子掉下
葉子飄落

之後又發芽
開花

要輪迴
多少年
樹
才能履行完使命呢

遺忘的歌謠

今天來到開滿野薔薇
和長滿野草的這座山
想起了遺忘的歌謠
它比夢遙遠
是一首令人懷念的搖籃曲

啊，唱著這首歌
這座山敞開了一扇門
我彷彿看到了媽媽
以前在這裡唱歌的模樣

今天，又來到傷心的野草間
看著大海我又想起
「銀色的船帆，金色的槳」
哎呀，是一首想不起來
前句和後句的搖籃曲

嘔氣時

早就在這裡嘔氣
卻沒有人來找我

為什麼嘔著氣
誰都不來找我

放電影的樂隊
漸漸走遠了
不由得有點想哭

撲克牌的皇后

廟會結束
玩撲克的那天晚上
沒想到
弄丟了一張皇后

早就忘記了
過了很多天
在秋日
打掃衛生時
從地板下
掃出來了

皇后沾滿了灰塵
沮喪落魄
變成了一頭白髮的
老太婆

海鳥

天天湧向海岸
無休止湧來的波濤啊

此刻湧上來的波濤
是來自於哪國？

此刻退去的波濤
又要湧向哪個海岸？

浮動在波濤上的海鳥
你一定會知道吧

如果你告訴了我
我會請你參加下一次的廟會

漁夫叔叔

漁夫叔叔
讓我乘上你的小船吧

瞧啊，海的對面
美麗的雲朵一團一團
跟我去
大海升起雲朵的地方吧

作為答謝
送給你我的布娃娃
再加上一條小金魚

漁夫叔叔
讓我乘上你的小船吧

祭日

每次看別人家辦喪事
裝飾著很多白花和彩旗
以前我總想
如果我們家也辦喪事該多好

可是，今天很無聊
人雖然很多
但誰都不理我
從城裡來的姨媽
眼中噙滿了淚花不說話
雖然沒有人批評我
但總覺得很害怕
我在店裡縮成一團
送殯的隊伍離開了家
像湧出的雲彩，漸行漸遠

之後，我變得更加寂寞
今天真的很寂寞呀

漁獲豐收

朝霞映滿天
船載魚兒歸
沙丁魚
捕滿艙

海濱
像過節一樣
可是，大海中
卻在為數以萬計的
沙丁魚
舉行葬禮吧

正月和月亮

月亮
為什麼瘦了呀

彷彿門松的
松葉
為什麼瘦了呢

正月就要到了

秋天來信

大山寫給小鎮的信：
「柿子、栗子即將成熟的季節
白頭翁、斑鶫鳴叫
山間的廟會臨近」

小鎮寫給大山的信：
「燕子們飛走的季節
柳樹葉飄落的季節
寒冷、孤寂臨近的季節」

捉迷藏

藏起來時
很快被人找到

輪到捉人
總是被搶占地盤

總是總是
被搶占地盤

總是
捉人的
捉迷藏

傍晚
想家了

山口

晚風
簌簌地
吹著高粱地

皎潔的
月亮
越過了山口

山口上
疲憊的馬
有氣無力

登啊登
可四周
只有高粱地

白天的月亮

肥皂泡一樣的
月亮
風一吹
就會消失

此時
在某一個國家
旅行者
正穿越沙漠
說著：
「太黑了、太黑了」

白天的
白月亮
為什麼
不去照亮沙漠

我的故鄉

媽媽的故鄉
翻山越嶺
是開滿桃花的
桃花村

姐姐的故鄉
越過大海
是海鷗成群的
孤島

我的故鄉
也許
存在於陌生的
某一個地方吧

紙牌

被爐上
堆著橘子
奶奶戴著的老花眼鏡
閃閃發光

榻榻米上
紙牌散落一地
小小的腦袋
一、二、三個呢

玻璃窗外
黑夜寧靜
偶爾，小粒的雹子
劈啪、劈啪地輕敲

小鎮的馬

山裡的馬
拴在酒鋪轉角
小鎮的馬
拴在魚店前面

山裡的馬
急匆匆往回走
卸下貨物
回到山中

小鎮的馬
讓人難過
拉一車魚
去往遙遠的小鎮
被訓斥、被鞭打
拉著滿車魚的馬呀

講故事

綠色美麗的原野盡頭
有一片銀光閃閃的湖水
湖畔的宮殿裡
住著小小、小小的女王
（那是魔法湖中
變小的我自己）
她的身後站著一排侍女
（那仍然是在湖中
變小的小夥伴）
前面的家臣留著鬍鬚
（那是我的老師呀）
此時，黃金的鐘錶鳴響
小女王用花瓣
沾著花蜜品嚐……

講這樣的故事
大人們會一笑了之
而我卻有點空虛

月之舟

天上布滿的卷積雲
是天空之海的巨浪

從佐渡返回千松的
銀色小船忽隱忽現

連黃金的槳都被捲走
何時才能到達故鄉呀

忽隱忽現的小船
在洶湧的汪洋大海上漂遠

摔倒的地方

以前辦完事兒回家時
我在這裡摔倒哭了

那天見到的小阿姨
好像現在還在店裡

桃太郎、桃太郎
借我一下你的隱身蓑衣

賣夢人

新年伊始
賣夢人
去賣
新年的第一場好夢

把好夢
堆積如山地
裝在
寶船上

然後，善良的
賣夢人
走到陋巷
那些買不起夢
孤零零的
孩子們中間
把夢悄悄地
留下

浮島

我想要一座島

一座隨波浪漂搖的
小小的浮島

島上四季開花
小小的家，花鋪滿房頂
影子映在碧藍的海水中
隨波盪漾

看夠了景色
就撲通跳進大海中
潛入我的小島下
還能玩捉迷藏

我想要一座這樣的島

大文字

誰來揮動
寺院裡的
銀杏樹大筆
寫個大文字啊

把「孩子國」
幾個字
寫滿
東方的天空

讓現在
升起的月亮
大吃一驚
嚇得打嗝

彈玻璃球

滿天繁星
多麼漂亮的玻璃球呀

輕輕撒下一片玻璃球
從哪個開始彈呢

彈一下
那顆星
打中了
然後
取走
打中的那顆星

取之不盡的
是天空的玻璃球 —— 星星

樹葉小艇

黑螞蟻是一個探險家
乘著樹葉小艇出發

綠色的小艇千里迢迢
向著大海的遠方

那裡有一座孤島
島上有砂糖山和蜂蜜河

而且沒有可怕的鳥
也沒有螞蟻的地獄

乘著綠色的小艇
黑螞蟻獨自去探險

天人

一個人在黃昏的荒山
眺望晚霞時
突然想起以前參拜過的寺院裡
慈眉善目的天人
吹著笛子端坐在
昏暗隔窗的彩雲上

我的媽媽也一定
在美麗的雲彩上
著一身薄薄的紗衣
吹笛漫舞吧

眺望晚霞時
總感覺聽見了笛音
從遠方隱約傳來

毬果兒

岩岸小松樹上的
毬果兒
因為嚮往
大海的遠方
從樹上落下
乘上了小船

乘是乘上了
可是那艘小船
在海上
捕了一夜魚
又返回了
原來的海岸

吵架之後

就剩我一個
就剩我一個
草蓆上的我好孤單呀

不是我的錯
是那個孩子先動口
不過、不過，還是好孤單呀

布娃娃
也孤零零的
抱著布娃娃也孤單呀

杏花
一瓣瓣地凋落
草蓆上的我好孤單呀

故事國

日落西山時
故事國的
國王
在故事國的
森林中
跟隨從走散了

即使打開被爐
取暖
可還是覺得
雪夜很冷

沒了隨從的
國王
是多麼的怕冷
多麼的孤單啊

孩子的鐘錶

有沒有這樣的鐘錶呢

城堡一樣的大鐘錶
它的數字三里之外都能看清

大家聚集在鐘錶裡的房間
時而一起轉動時針

時而騎在鐘擺上
眺望遠方的遠方

然後，大家一起唱歌時
早晨如果太陽醒來
傍晚，如果繁星當空
我該有多麼高興呀

杜鵑花

獨自
在小山上
吸著
紅杜鵑的蜜

春日的藍天
一望無際
莫非我是
小小的黑螞蟻？

吸著
甜甜的杜鵑蜜
莫非我是
小小的黑螞蟻？

玻璃

想起來的是在一個雪天
掉下來碎碎的窗玻璃

想著過一會兒、過一會兒
一直沒有收拾碎玻璃

每次看到瘸腿狗
我就想
牠那天是否經過了我家的窗下

無法忘記
雪天，雪地上閃亮的碎玻璃

石塊

昨天，讓一個孩子
跌倒
今天，絆倒
一匹馬
明天，誰還會
路過這裡呢

鄉村路上的
石塊
在火紅的夕陽裡
若無其事

沒媽媽的小鴨子

月亮
結冰
枯葉上
落下雪粒

雪珠
飄落
雲間的
月亮呀

月亮
結冰
池塘
封凍

沒媽媽的
小鴨子
怎麼能
睡得著呢

老鷹

老鷹慢慢地
在空中畫著圈
是在那個圈中
物色獵物嗎？

大海有上萬條沙丁魚呀
陸地上的老鼠才有一隻

老鷹慢慢地
在空中畫著圈
仰望
那個圈時

突然發現了
正午的月亮

月出

悄悄地
悄悄地
瞧，月亮出來了

山的
邊緣
漸漸明亮

在天空的
深處
和海底

月光
好像
正在融化呢

桑葚

吃著
綠桑葉

蠶兒
變白了

我吃著
紅桑葚

被太陽
曬黑

國王的馬

國王的馬是木馬
隨從的馬是土馬

可是，在玩具王國裡
國王的馬是金馬
隨從的馬是銀馬

下雨天，舊榻榻米
也是玩具王國
那裡的天很藍，綠草叢中
傳來叮鈴鈴的鈴聲
那是金鈴聲

乳汁河

小狗，別叫了
天要黑了

黃昏
就算媽媽不見了

深藍的夜空中
乳汁河
仍隱約
可見

幻燈

不會是以前的
夢吧

深夜映照的
幻燈
那淡淡、怪異的
難忘的
淡藍色
畫面裡
有一雙跟誰很像的
慈祥的眼睛
時而看得見
時而又消失

這不會是那個晚上的
夢吧

護城河畔

在護城河畔遇見了
而她卻假裝看河面

昨天我們吵了架
今天還在心裡叨念著

我試著對她露笑臉
而她卻假裝看河面

笑臉無法停下來
突然，淚水也止不住

我一溜煙地跑開了
小石子在身後連成一條線

轉校生

別處來的女孩
很可愛
要怎麼跟她
搞好關係呢

午休時
看了她一眼
發現
她一個人靠著櫻花樹

別處來的女孩
說一口外地話
不知道該用什麼語言
跟她交談

放學回家的路上
突然發現
她已經跟同學們
打成一片

小紅船

一棵松樹
站著
望海
我也一個人
望海

大海碧藍
白雲悠悠
小紅船
還未出現

小紅船上的
爸爸
是以前
夢裡的爸爸

一棵松樹
一棵松樹
小紅船何時才到呢

扮葬禮

扮葬禮啦
扮葬禮啦

小堅，你拿旗
小真，你扮和尚
我抱一束美麗的花
喏，敲響木魚念著阿彌陀佛

然後，大家都被訓了
狠狠地被訓了一頓

扮葬禮啦
扮葬禮啦
剛開了個頭就終止了

瞳孔

大家的瞳孔
是魔法甕

枸橘樹圍牆
街道
馬車和馬
車夫
蕎麥田
梧桐樹
遠方的
那座青山
還有天上的
雲朵
全部變小
映在裡面

黑瞳孔
是魔法甕呀

送電報的人

紅自行車駛去的路
左右兩邊都是麥田

騎在紅自行車上的
是送電報的黑色制服郵差
不知他去安靜鄉村的哪戶人家
送什麼消息

麥田中間的小路上
紅自行車匆匆駛去

我和公主

遙遠國度的公主
跟我長得很像
為了摘一朵鮮紅的玫瑰花
手被刺紮破死了

為安撫國王的悲傷
有一天,忠心耿耿的家臣
騎著白馬噠噠、噠噠
從城裡出發了

家臣不知道我的存在
到處尋找著長得像公主的
可愛女孩
白馬的蹄聲噠噠、噠噠響個不停

山的對面一片藍天
今天,馬依然在噠噠、噠噠

花瓣的海洋

草房簷下的花謝了
山丘上的花也謝了
全日本的花都謝了

把全日本凋謝的花
收集一起撒向大海吧

然後，在安靜的黃昏
划著小紅船
在鮮豔而又美麗的
花的波浪裡搖曳
直划到遙遠的海中央

神轎

紅燈籠
還沒亮
秋天的廟會
就進入了黃昏

玩累了
回到家
爸爸像客人
媽媽
忙裡忙外

黃昏時分
忽然感到傷心
神轎的隊伍
像風暴
席捲過後街

燒田和蕨菜

山裡的蕨菜苗
迷迷糊糊做了一個夢

夢見紅翅膀的大鵬
飛翔在天空

山裡的蕨菜苗
從夢裡醒來後伸了個懶腰

伸出可愛的小拳頭
在春天的黎明裡伸懶腰

神奇的碼頭

古老碼頭上的大鐘錶
走到早晨六點時
時針和分針不知為何
突然向左轉

破舊的棧橋上
只開著一朵紅花
搖曳在正午的陽光裡

靜靜的黑色海面上
幾艘斑駁的老船
像山一樣沉默

這樣的碼頭
是在哪國？又在何時？

問誰都沒有答案
因為這是我的夢

細雪

下得很密的
細雪
白皚皚

厚厚地
壓在松枝上
染上綠色吧

我的蠶

住在小箱子裡的
是我養的蠶

人偶雖可愛
但不會說又不會動

蠶發出好聽的動靜
吃著嫩綠的桑葉

待牠結成了七個蠶繭
抽出七縷絲

就編織一條像小公主穿的
彩虹色的衣裙吧

一團和氣地吃著桑葉
這就是我的蠶

黃昏

哥哥
吹起了
口哨

我
咬著
袖子

哥哥
立刻
不吹了

屋外
夜幕
悄悄降臨

沒有家的魚

小鳥在枝頭築巢
野兔棲息在山洞

牛有牛舍和草鋪
蝸牛馱著自己的殼

大家都有家呀
晚上睡在自己家裡

可是，魚有什麼呢
沒長挖洞的手
也沒堅硬的殼
人們又不會為牠搭窩

沒有家的魚
無論夜晚海潮隆隆，還是冰冷徹骨
都在徹夜遊動吧

織布

早晨起來
就織布
山裡的女孩兒
都這樣想

織出來的布
不知不覺間
會變成
城裡人
穿著的
友禪綢和服嗎？

可是
每次織布
每條棉布
都越來越長

庭園盆景

我製作的庭園盆景
誰都不來看一眼

天晴的時候
媽媽總在店裡忙碌

廟會都結束了
媽媽還是那麼忙

聽著蟬鳴
我把庭園拆散

海邊的石塊

石塊像美玉
每一個都圓滾滾的

石塊難道是飛魚？
投在海面上破浪飛

海邊的石塊是歌手
跟波浪一起整天唱

海邊的石塊一個又一個
雖說都是可愛的石頭

其實，海邊的石塊也很了不起
大家齊心擁抱著海

鄰居家的孩子

剝著蠶豆
聽見
鄰居家的孩子
挨罵

想去看一下
又覺不合適
攥著蠶豆
出去
又攥著蠶豆
返回

做了什麼
淘氣的事呢
鄰居的孩子
挨罵了

大人的玩具

大人扛著大鋤頭
去田間鋤地

大人划著大船
去海裡捕魚

大人的將軍
擁有真正的部隊

而我的小部隊
不會說話也不會動

我的小船很快打翻
我的鐵鍬已經折斷

想一想很無奈
我想擁有大人的玩具啊

蟬的衣裳

媽媽
屋後的樹上
有一件
蟬的衣裳

蟬也怕熱
脫掉了衣裳
脫掉後
就忘在那兒了

夜晚
天變涼了
我應該把衣裳
送去哪裡呢

花店的爺爺

花店的爺爺
去賣花
花在小鎮上賣光了

花店的爺爺
有點失落
種的花都賣光了

花店的爺爺
天黑後
孤零零地回到自己的小屋

花店的爺爺
做了一個夢
夢見賣掉的花都很幸福

荒山

荒山上的草叢裡
傳來一陣歡聲笑語

「七天都沒下雨了
口乾舌燥，想喝水」
這是山上黑土的話

「天空美麗的雲朵
真想伸手抓一把」
這是小小的蕨菜苗說的吧

「太陽在召喚，去看看吧」
「我也去、我也去，我也想跟著去」
傳來茱萸、結縷草芽、茅草葉
各種各樣的嚷嚷聲

調皮鬼之歌

哭著哭著
逃跑了
膽小鬼的
毛毛蟲

俺
不管
反正回家
告你的狀

那個孩子的
媽媽
替他
發脾氣

俺的
媽媽
是後母

長長的夢

今天、昨天都是夢
去年、前年都是夢

如果突然睡醒
自己變成可愛的兩歲嬰兒
找著吃媽媽的奶

如果真是這樣，真是這樣的話
我該有多麼高興呀

長長的這個夢，我記住了
下一次，我要做一個乖孩子

魚的春天

嫩海藻發芽了
海水變得更綠了

天之國也正是春天吧
想去看看又怕晃眼

飛魚小叔叔
一閃飛過天空

躲在海藻的嫩芽間
我們也開始捉迷藏吧

魔術師的手掌

從桃子生出桃太郎
從瓜裡生出瓜公主

從雞蛋生出雞
從種子生出的小樹苗

從山裡生出太陽
從海裡生出雲峰

白鴿子從魔術師的
手掌誕生

我也是從哪個魔術師的
手掌誕生的嗎？

鄰村的廟會

透過籬笆看
五顏六色的人群走過

大家朝東走
影子也一個個緊跟其後
白色的塵土飛揚

朝西去的
只有一輛空蕩蕩的破馬車

一動不動的
只有籬笆上白色的木槿和我

廟會什麼的真沒意思
我雖不想跟著去
可今天實在是個好天氣

閉上眼就能聽見
大家朝東走去的腳步聲

廟會的翌日

昨天，神轎隊的喧鬧聲
我還沉浸其中

昨晚，在遙遠的伴奏聲中
夢見了一台戲

醒來呼叫媽媽時
大家都忍俊不禁

悄悄出門，看到了
後山上丟下的月亮

廟會的大鼓

綠葉中夾著嫩葉
嫩葉的影子
穿著紅木屐走過
咔躂、咔躂、咔躂

在淺藍色的
天空中
你聽，大鼓的聲音
咚咚咚、咚咚咚

白色的街道上
賽馬
穿著串門兒的新衣
闊步、闊步、闊步走過

春天的早晨

麻雀在叫吧
是個大晴天吧
想美美、美美地
睡一覺呢

上眼皮：睜開吧
下眼皮：再等會兒
想美美、美美地
睡一覺呢

雨停了

第一個發現的
是一朵小小的繁縷花
「哎呀，那不是太陽嗎？」

太陽從雲縫裡
眨了一下眼睛

每一棵樹都搖動枝條
每一片葉都高高興興

「喂──，太陽
大家等你很久了」

太陽從雲縫裡
調皮地笑著

雲的顏色

晚霞
消失後
雲的顏色

吵完架
一個人
回到家

望著天
突然
想哭

睡覺的船

島上來的船好像累了
海灣的波浪很平靜
舒舒服服睡一覺吧

載滿魚，遠道而來
越過洶湧的大海
小船呀，你睡吧

島上的居民回來時
買回一袋袋白米
買回一捆捆青菜

島上來的船，在此之前
隨著平靜的波浪搖啊搖
舒舒服服睡一覺吧

陽光

太陽的使者
一齊從天空動身了
聽到路上遇見的南風問：
「大家要去幹什麼？」

一個使者說：
「我要把光的粉末撒向大地
為了大家能工作」

一個滿懷喜悅地說：
「我要讓花朵綻放
為了讓世界更快樂」

一個使者和氣地說：
「我要建一座拱橋
為了讓純潔的靈魂通過」

剩下最後一個有點落寞：
「我為了造影子
還是得跟著大家一起去」

魚兒出嫁

魚公主出嫁了
嫁到對面的小島上

長長的列隊連著島
閃爍著銀色的光

島上的月亮
點亮燈籠來迎親

列隊浩浩蕩蕩
綿延在海面上

石材

被石料鋪切割好的
石材
飛落在街道的
水窪裡

放學回家的
路左側
光著腳的孩子們
小心啊

被切碎的石材
正在水窪裡生氣呢

模仿
　　—— 失去爸爸的孩子之歌

「爸爸
快告訴我呀」
一個孩子
撒嬌著喊

我在返回家的
捷徑上
「爸爸」
悄悄地
學著那個孩子喊
總覺得
很害羞

籬笆牆的
白色木槿
好像在偷笑

奶奶的故事

那個故事奶奶只講了一回
可我卻很喜歡聽

當我說「已經聽過了」時
奶奶的神情顯得那麼落寞

奶奶的瞳孔裡
映著荒山上的野薔薇花

那個故事令人懷念
如果再給我講一遍
我會五遍、十遍乖乖地
耐心去聽

螢火蟲的季節

又到了
螢火蟲的季節

用新的
麥稈兒
編一個小小的
籠子吧
沿著小路
出發吧

青青的鴨蹠草路上
掛滿了露珠
光著腳，踩著草
去捉螢火蟲吧

花的名字

書本裡有很多
花的名字
可我不認識那些花

在城裡看到的是人和車
大海裡全是船和浪
港口總是很冷清

花店的籃子裡
有很多應季的漂亮花朵
可我叫不出那些花名

問媽媽，媽媽說
城裡的人都不知道
我總是很寂寞

讓布娃娃睡覺
丟下書本、皮球
現在我就想去

跑過鄉村廣闊的田野
記住各種花朵的名字
與她們成為好朋友

鄉村畫

我看著一幅鄉村畫
孤單的時候，就走到
畫中白色的小路上

路對面有一間磨坊
雖然看不見，但裡面
有一位和藹的看守爺爺

磨坊旁邊的胡頹子樹上
紅色的果實熟透了

遠方的山背後
有一座小村莊

畫中的小路上
沒有人影，非常安靜

畫外的人和車忙個不停
儘管如此，畫中依然安靜
總是悠閒的好天氣

賣魚的阿姨

賣魚的阿姨
請你把臉轉向那邊
現在，我
要在你的頭上
插一朵櫻花

因為阿姨你的頭髮上
既沒有花簪子
又沒有亮閃閃的髮卡
什麼都沒有，多單調呀

好啦，阿姨你瞧
你的頭髮上
插著比戲裡公主的頭飾
還漂亮的花
山櫻花在你的髮絲間綻放了

賣魚的阿姨
請你把臉轉向我
剛才，我
給你的頭上
插了一朵櫻花

買點心

背著媽媽
買點心
每次去點心鋪
都是去了
再回
然後再去

操一口城市腔的
阿姨
給我的
一枚銀幣
我攥在手裡
攥出一手汗

荷花

開花了
含苞了
寺廟的池塘裡
荷花一朵朵

開花了
含苞了
寺廟的院子裡
孩子們手拉著手

開花了
含苞了
寺廟外面的
大街小巷

果實和孩子

落下的果實被撿走了
被染坊的養子撿走了

染坊的養子挨罵了
傍晚回到家挨罵了

撿到的果實被扔掉了
被扔在了染坊的屋後

扔掉的果實發芽了
染坊的養子還不知道

魔術師

我昨天決定了
如果現在能長大
我就要當個高明的魔術師

昨天看的魔術師
一下子變出一朵玫瑰
一轉眼又把玫瑰變成了一隻鴿子

燕子媽媽

飛出去
兜了一小圈
馬上飛回來

飛出去
兜了一大圈
再飛回來

飛出去，飛出去
飛到巷子裡
又飛回來

飛去又飛回
飛去又飛回
燕子媽媽擔心什麼呢

留在窩裡的
小燕子
讓她放不下心

鄉村

我忍不住想看

小小的蜜柑綴滿枝頭
熟成金黃色

含苞的無花果還是小孩兒
死死地纏住樹不鬆手

還有風吹動麥穗
和雲雀的歌唱

我忍不住想去

雲雀歌唱應該是在春天吧
可蜜柑樹上
會在什麼時節開出什麼樣的花呢

只在畫上看到過鄉村
肯定還有很多很多
沒畫出來的地方吧

外婆與木偶戲

外婆總是一邊做著針線活
一邊給我講故事
鶴、千松、中將姬……
故事都是悲劇

講故事的外婆
有時會唱上一段淨琉璃
想起來就難受
那全是悲傷的旋律

或許是想到中將姬
她的不幸總讓大家想到
下雪的夜晚

這些都過去很久了
歌詞也已經忘記

只有悲傷的旋律
啊，現在仍像水一樣
哀傷又沉靜地沁入我內心

包括那輕輕、輕輕的
飄雪聲……

馬戲團的小屋

聽著樂隊的響聲
一不留神就來到了小屋前

燈光時隱時現，傍晚
媽媽在家等著我吃飯

往帳篷的縫隙裡瞅了瞅
馬戲團的小演員跟我弟弟很像
不知為什麼總想多瞅他一眼

城裡的孩子高高興興地
被媽媽領進了小屋

攀著圍欄，等著開演
雖然有點想媽媽，可還是不想回家

帆

到達碼頭的船帆
全都又破又髒
駛向大海的船帆
卻一面面潔白閃亮

遠遠的海面上，那艘船
從來不靠岸
永遠向著地平線
越駛越遠

閃著光，越駛越遠

大戶的櫻花樹

大戶院子裡的八重櫻
不開花了
大戶年輕的公子哥
向全城貼出了布告

在只有綠葉的樹下
劍術高手說：
「不開花就砍掉你」

城裡的舞女說：
「看完了我的舞姿
你就笑著立刻開花吧」

魔術師說：
「牡丹、芍藥、罌粟花
都在這棵櫻樹上綻放吧」

這時，櫻花樹說：
「我的春天已經過了
在大家淡忘的時候
我的春天還會來
那時我才開花
開出我自己的花」

幸福

幸福穿著粉紅色的衣裙
一個人抽抽搭搭地哭

半夜裡敲了敲防雨窗
也沒人知道我的寂寞
昏暗的燈影裡，能看見
憔悴的母親，生病的孩子

我難過地來到下一個街角
再次敲響那裡的門
可是，走遍了全城
也沒人願意把我迎進家裡

月夜的背陰小巷裡
幸福一個人抽抽搭搭地哭著

蚊帳

蚊帳裡的我們
是落網之魚

不知不覺睡著時
沒事兒幹的星星來收網

半夜裡醒來
自己好像睡在雲的沙灘上

藍色的網隨波蕩漾
大家都是可憐的魚

雨後

背陽的葉子
是愛哭的小孩兒
撲簌簌地
掉著淚哭

向陽的葉子
笑出聲
臉上的淚痕
已經乾了

背陽的葉子
愛哭的小孩兒
誰把手帕
借給它吧

空中鯉魚

池塘中的鯉魚呀，你為何躍出水面？

是想變巨大的鯉魚
暢遊在藍天嗎？

今天，巨大的鯉魚只有今天升起
明天，就會被取下收起

與其祈求幻想
不如跳躍、飛揚和回顧

在你池塘的水底
倒映著天空的卷積雲

你也是暢遊在雲朵之上的
空中的鯉魚呀

去往大海

爺爺去往大海
爸爸去往大海
哥哥去往大海
大家都去往大海

大海那邊
是個好地方呀
大家去了
就再不回來

俺也要快快
長成大人
還是得
去往大海

藍天

沒有一片雲的
藍天
像風平浪靜的
大海

好想跳進藍天的
正中央
飛快地
暢遊一番呀

身後游出的一道
白水花
會直接
變成白雲吧

柳樹與燕子

「你還好嗎？」
河邊的柳樹
跟年輕的燕子
打招呼

我們曾啼鳴成雙
柳枝呀
有一隻
已死在了旅途

年輕的燕子
一語不發
忽然向水面
飛去

大海和海鷗

曾以為大海是藍的
曾以為海鷗是白的

但此刻，眼前的大海
海鷗的翅膀都是深灰色

以為大家都知道了
其實那是騙人的

都知道天是藍的
都知道雪是白的

大家都在看，都知道
然而那說不定也是騙人的

再見

下船的孩子對大海說
上船的孩子對高山說

船對碼頭說
碼頭對船說

鐘聲對時鐘說
炊煙對小鎮說

小鎮對白天說
夕陽對天空說

我也說吧
說聲再見吧

對今天的我
說聲再見吧

看不見的東西

睡著的時候有什麼東西

粉紅色花瓣薄薄的
在地板上越積越厚
等睜開眼又瞬間消失

雖然誰都沒見過
但又有誰說它是假的呢？

在眨眼之間有什麼東西

白色天馬振翅飛翔
速度比白羽箭還快
橫穿過藍天

雖然誰都沒見過
但又有誰敢說它是假的呢？

討伐驟雨

裝在盆子小船上的
是閃閃的玩具劍、木頭槍
和午後茶點的餅乾

來啊，做出海準備了
艦長馬上登船
途中若被金魚問起
我會大聲地逞威風

「砸壞
我剛才做的盤中沙景的
那陣驟雨，我要討伐它」

焰火

放了、放了，焰火
升起的焰火像什麼
像柳樹，像皮球

散了、散了，焰火
消散的焰火像什麼
像看不見的國度裡的花

書與海

別的孩子都有書
有各種各樣的書

別的孩子都知道
知道中國和印度的故事

大家都是不讀書的孩子
是不識字的漁民的孩子

大人午休時
大家結伴去大海
我讀我的書

大家這時候在海邊
一會兒衝浪，一會兒潛水
像美人魚一樣嬉戲

我讀著寫在書本裡的
美人魚的故事
就想去大海

突然，想去大海

賽跑

每次賽跑
眼前一定會閃現
深紫色的旗幟

在別的學校操場
與別處的孩子並列站立
心咚咚直跳著賽跑
摔倒時，眼前會閃現
我們的校旗

每次賽跑
這種光景一定會浮現眼前

昨天的花車

廟會翌日的正午
大家都在睡午覺

孤零零停在轉角處的
昨天的花車也駛走了

花和布娃娃都被拆毀
只有孤單的車咕隆咕隆地
駛過乾燥的路

一個人默默目送著
昨天的花車、拉車的人
一起消失在塵埃中

簪子

沒人知道
我拿簪子玩過
偷偷給它
穿上過彩紙
　　那時媽媽在洗澡
　　哥哥出門辦事兒……

誰會看到呢？
我把那個簪子
悄悄地
藏起來
　　日落西山
　　月亮還沒升起……

誰會發現呢？
那個簪子頭上的
小花
已經掉了
　　白天也有陰暗處
　　金銀草又長得那麼茂密……

誰都不知道
誰都不知道

蠶繭與墳墓

蠶
鑽進繭裡
那又小又窄
的繭裡

可是，蠶
還是很高興吧
因為能變成蝴蝶
飛翔啊

人也會
鑽進墳墓
那黑暗又孤寂
的墳墓

之後，好孩子
會長出翅膀
變成天使
飛翔

向著光明

向著光明
向著光明

哪怕一片葉子
也要朝向傾斜的日光

灌木叢下的小草

向著光明
向著光明

哪怕燒焦翅膀
也要撲向燈火的閃亮

夜裡的飛蟲

向著光明
向著光明

哪怕只有尺寸之地的寬敞
也要向著照射的陽光

住在都市裡的孩子們

商隊

無邊無際的沙漠
拖著長長的黑影
繼續前行的是
商隊、商隊
——駱駝群都是黑色
　　而且長著六隻腳

酷熱酷熱的沙漠
正午的陽光靜靜地照著
南面一百里是大海
北面一百里是椰樹
——椰樹上開的花
　　是石竹花的顏色

山巒和峽谷都是沙子
無邊無際的沙漠
靜靜蠕動的是
黑色的商隊、商隊
——正午酷熱的沙灘上
　　小小黑螞蟻的佇列

月亮之歌

「月亮何時變圓啊」
「月亮何時變圓啊」
奶奶教我唱歌的時候
正是此刻黃昏的月亮

「農曆十三，月圓九成」
「月圓九成，農曆十三」
現在我正在教弟弟唱
　　都待在後門手牽著手

「你的年紀還小啊」
「你的年紀還小啊」
　　我最近不唱了
　　看著月亮也想不起來

「月亮何時變圓啊」
「月亮何時變圓啊」
　　看不見的奶奶牽著我的手
　　會讓我想起這一幕吧

蜜蜂與神

蜜蜂在花朵裡
花朵在庭園裡
庭園在圍牆裡
圍牆在小城裡
小城在日本國
日本國在世界裡
世界在神靈裡

然後，然後
神靈在小小的蜜蜂裡

女孩子

女孩子
是不爬樹的

踩高蹺的
是瘋丫頭
打陀螺的
是傻姑娘

我為什麼
這麼清楚
因為我都玩過一次
而且每次都被訓斥

結縷草

名字雖然叫結縷草
可我從沒叫過它

結縷草真的很不顯眼
本來就長不高，卻滿地都是
還竄出了路邊
即使用力拔
也拔不掉，抓地很牢

紫雲英開出紅花
紫羅蘭連葉子都好看
簪子草當簪子
山竹當笛子

可是，如果原野上
只長著這種草
累的時候，我們
該在哪兒坐下，該在哪兒睡覺

綠綠軟軟結實的
結縷草就是我們舒服的睡床

夜空

人和草木睡著時
夜空真的很忙

星光一次又一次
背負著美麗的夢
為了送到人們的枕邊
一閃一閃在夜空飛來飛去
露水公主趁天還沒亮
便急急忙忙駕著銀馬車
為城市陽台上的花
和大山深處的樹葉
毫不保留地送露水

花朵和孩子們睡著時
夜空真的很忙

天空的大河

天空的河灘上
都是小石子
滿地都是
小石子

藍色的河流
緩緩流淌
窄小白帆般的
月牙啊

隨夢流淌的
河流中
星星浮現
像一葉扁舟

無人島

我被沖到無人島上
變成可憐的魯濱遜

一個人孤零零在沙灘上
遙望遠方的海

海面上瀰漫蔚藍煙霧
沒有一片像船一樣的雲

今天還是孤零零的
我只好返回我的岩洞

（哎呀，有誰走過來了
三五個穿著泳衣的孩子）

翻過一百頁，魯濱遜
終於順利地回到了故鄉

（爸爸午睡醒來
當點心的西瓜也冰好了）

太開心、太開心。魯濱遜
喂！快回家吧

牽牛花的蔓

籬笆矮矮的
牽牛花
正在找
能攀附的地方

西找
東找
找煩了
就開始思考

儘管如此
還貪戀著太陽
今天又
長高了一寸

長高吧，牽牛花
直直地
就要靠近
射進倉庫的那縷陽光

黑麥穗

拔開金色的穗浪
把黑麥穗拔掉吧

如果不拔掉黑麥穗
其他的麥穗就會受影響

把黑麥穗燒掉吧
順著小路到海邊

長不出麥粒的黑麥穗啊
變成青煙高高升上了天

進港出港

進港的船三艘
不知載著什麼靠岸

三顆星星
被三面船帆擋住了

出港的船三艘
不知載著什麼出航

紅燈接二連三地
被黑帆擋住了

泥濘

這條小巷的
泥濘裡
有一片
藍藍的天

有一片
遙遠、遙遠
美麗而又
清澈的天空

這條小巷的
泥濘
曾是
深遠的天空

使者

月亮奶奶
我要出門送東西
把別人家小女孩的好衣服
緊緊抱在懷裡

月亮奶奶
您也要去嗎？
去我要前往的地方

月亮奶奶
只要不遇見淘氣鬼
我就很高興
我要把媽媽做的活計
送到別人家裡

而且、而且
月亮奶奶
我真的很高興呀
等您變圓了
我也能穿上過年的新衣裳了

去年的今天

    —— 大地震紀念日

去年今天的這個時候
我在擺著積木
積木塔嘩啦嘩啦
一轉眼就倒塌了

去年今天的傍晚
我在草坪上
火災的黑煙雲雖然很可怕
可有媽媽一直盯著我

去年今天的傍晚後
很多房屋都著了火
那天寄到的衣服
和積木的城堡也被燒了

去年今天的夜深了
火光映著天上的雲
看著白月的影子
媽媽把我抱在懷裡

衣服都是新的
家也重建了
去年今天的媽媽啊
我覺得有點空虛

點心

故意把弟弟的兩塊點心
藏起來一塊
想著是不是吃掉呢
就把弟弟的一塊點心
吃了

如果媽媽問起這兩塊點心
該怎麼辦呀

剩下的一塊點心
拿起來放下，放下再拿起來
弟弟還是不回來
我把剩下的一塊
也吃了

苦澀的點心
難過的點心

我的小山

我的小山呀，再見啦
曾拔下一根茅草當草笛
對著天空吹
小山上的青草啊
大家都要給我長高

缺我一個沒關係
別的孩子還會來玩兒
還會有個走散的膽小鬼
跟我一樣
把你叫做我的小山

然而，我永遠的
「我的小山」呀，再見啦

焰火

飄細雪的晚上
打著傘走過
乾枯枯的柳樹下

忽然想起
夏夜柳樹下
燃放的焰火

我好想
我好想
在雪中點燃焰火呀

飄細雪的晚上
打著傘走過
乾枯枯的柳樹下

久違地聞到
以前燃放的
焰火氣味

電影裡的街道

藍色電影裡的
月亮升起
電影裡的街道
就出現了

屋頂上
會不會臥著
一隻黑貓

可怕的
水手
會不會走過來

看完電影
明月當空
熟悉的街道
變得陌生

小小的牽牛花

那是
秋日的
某一天

坐著馬車來到村外
有一家草屋，圍著竹籬笆

竹籬笆下面開著一朵
小小的天藍色牽牛花
──就像與天空對望的眼

那是
晴爽的
某一天

秋天

路燈
各發各的光
各自
撒下燈影
讓小城變成
整齊的條紋圖案

條紋的光亮處
穿浴衣的人
三五成群
條紋的暗影裡
秋天悄悄地
藏在那裡

薔薇的根

第一年開的
是又紅又大的薔薇花
　　它的根在泥土裡想
　　「太高興啦
　　太高興啦」

第二年開了三朵
又紅又大的薔薇花
　　它的根在泥土裡想
　　「又開啦
　　又開啦」

第三年開了七朵
又紅又大的薔薇花
　　它的根在泥土裡想
　　「第一年的那朵花
　　為什麼不開了呢」

大海的洋娃娃

巨大的珍珠球
各種貝殼，珊瑚樹
可美人魚的女兒都玩膩了

陸地上的孩子擁有的
黑眼珠的洋娃娃
美人魚的女兒哭著說想要、想要

疼愛女兒的美人魚媽媽
把船沉入海中，搶走
船上的孩子抱著的洋娃娃

美人魚的女兒一看到洋娃娃
就開始嚮往遙遠的國度
終於捨棄了大海

大海的洋娃娃
在軟軟的海藻搖籃裡
現在仍做著甜甜的夢

陸地上，美人魚的女兒
想念故鄉卻不能離開海岸
變成了海邊的一隻鵃鳥

船上的家

爸爸
媽媽
還有我
跟哥哥
船上的一家人其樂融融

卸下貨物，天黑了
旁邊的船頭桅杆上
掛著幾顆明亮的星
圍著紅紅的篝火
我聽著爸爸的故事睡著了

晨星開始泛白
迎著清晨的微風升起帆
出了港就是寬廣的大海
晨霧散去後，海島出現
波光裡魚兒們躍出海面

午後刮起了風
海面上波濤滾滾
在遙遠的大海盡頭
金色的落日西沉時
大海勝似花朵的美麗

吃著用潮水煮的飯
船盛滿陽光
鼓滿帆
航行在寬廣的大海
船上的一家人其樂融融

獵人

我是一名小獵人
我是打獵的神槍手

獵槍是小小的杉木槍
子彈就掛在綠樹枝上

我是善良的獵人
別的獵人去打獵時

我搶先趕到，向鳥兒們
發射綠子彈

綠色的子彈打不疼
鳥兒們一下子驚飛走

鳥兒們那時也許會生氣
可是、可是我高興

我是一名小獵人
我是打獵的神槍手

綠木槍，扛肩上
急急忙忙地走在山間小路上

土

吭哧、吭哧
被耕過的土
變成良田
長出好麥子

從早到晚
被踩過的土
變成平坦的路
讓車子通過

沒被耕過的土
沒被踩過的土
是沒用的土嗎？

不不，它要做
無名小草們的
家

黑夜的星星

黑夜裡有一顆
迷路的星星
那個孩子
是個女孩吧

跟我一樣
孤零零一個人
那個孩子
是個女孩吧

太陽之歌

日本的國旗
　　是太陽旗呀
日本的孩子
　　是太陽的孩子
孩子唱的歌
　　是太陽的歌
在櫻花樹下
　　在霞光深處

日本國裡
歌聲洋溢
　　把它裝上船
　　運往全世界
把太陽之歌
　　唱遍全世界
在櫻花的樹蔭下
　　在明亮的陽光裡

海的顏色

早晨的大海是閃閃的銀色
銀色染黑了一切
汽艇的顏色、帆的顏色
銀色的破綻之處都是黑色

正午的大海是蕩漾的湛藍
湛藍讓一切保持原樣
漂浮的碎稻草、竹片
連香蕉皮都保持原樣

夜晚的大海是沉靜的黑色
黑色覆蓋了一切
看不見船身
只有紅色的桅燈幻影

廣闊天空

我總有一天要去
能看到廣闊天空的地方

在小鎮看到的是長長的天
就連銀河也長長的，從屋頂到屋頂

我遲早要去一次
那銀河的下游、下游

直到無垠的海面
向著人們能一眼望盡的地方

七夕的時候

風吹著竹林
傳來小竹子的低語

長啊、長啊，還那麼遠
要長多高
才能夠到星空和銀河呢？

風吹著遠海
傳來海浪的歎息

七夕已經結束了嗎？
要跟銀河告別了嗎？

剛剛路過
繫著五色漂亮詩箋的
冷清竹枝

海港之夜

陰沉的夜晚
小星星在發抖
一顆星

寒冷的夜晚
船燈映在海面晃
兩盞燈

寂寞的夜晚
大海的瞳孔發出藍藍的光
三隻眼

撒傳單的汽車

撒傳單的汽車來了
載著的樂隊吹吹打打

拾傳單，紅色的
再拾一張黃色的

撒傳單的汽車來了
跟著汽車一起走吧

離開城市，撒下的傳單
變成原野的紫雲英
變成田地裡的油菜花

跟著春天的汽車一起走吧

鼓母蟲

在水面上畫一個圈，一個消失
畫三個圈，過會兒都消失了

如果在水面上畫下七個水圈
魔法就會像水泡一樣消失

被池塘的精靈囚禁
現在的姿容，是鼓母蟲

日復一日，清清的池塘裡
雖然映著永不消失的雲影

畫一個，再畫一個圓圓的水圈
看它一個接一個地消失

杉樹和筆頭菜

一棵杉樹在歌唱
它看見山的對面
遼闊的大海上
三片白帆
像蝴蝶飛翔

一棵杉樹在歌唱
它看見山對面的
大城市中
青銅的豬
在噴水

一棵杉樹下
筆頭菜在歌唱
什麼時候
我也要長得像杉樹一樣高
眺望遠方的遠方

知更鳥之城

森林中的知更鳥啊
森林中全是葉子的摩擦聲

來城裡逛逛怎麼樣
夜晚，路燈像花
還能看電影

城裡來的小姑娘啊
我的城市怎麼樣？

無數的樹木都是家
夜晚，星星如花
還能看落葉跳舞

夜晚

夜晚為山、樹
巢中的鳥、草葉
可愛的紅花
穿上黑睡衣
但唯獨不能給我穿上

我的睡衣是純白色的
而且是媽媽幫我穿上的

風

空中的牧羊人
肉眼看不見

山羊被追趕
在黃昏的
曠野盡頭
結成群

空中的牧羊人
肉眼看不見

山羊被晚霞
染紅時
遠處響起了
笛聲

地裡的雨

蘿蔔地裡的春雨
來到綠綠的蘿蔔葉上
小聲笑

蘿蔔地白天的雨
來到紅沙土上
不聲不響地鑽進去

白百合島

只有我一個人知道
那遙遠、遙遠的孤島
我常常在學校的白楊樹下
畫著它的地圖

雖然一掃地，島就消失
雖然每次畫都略有不同
但湖水總在島的正中央
宮殿總佇立在岸邊

住在宮殿裡的
是一位比雪還白，芳香四溢
穿著透明綠長裙的
戴著金冠的公主

島上白百合爭豔怒放
它們的芳香瀰漫到天上
船即使靠岸，峭壁上
也滿開著觸不到的花

在綠色的白楊樹下
我常常畫地圖

我樂此不疲地，每一次
都會畫「白百合島」的地圖

海的盡頭

湧出的雲在那裡
彩虹的根也在那裡

想找機會乘船去
去大海的盡頭

就算實在太遠了，天黑了
什麼都看不見了

我還是想去大海的盡頭
那兒能像摘紅棗一樣
摘下美麗的星

麻雀和罌粟

小麻雀
都死了
罌粟還鮮紅地開

它不知道
也別讓它知道
悄悄從它旁邊走過吧

如果花兒
聽說了
它會馬上枯萎的

電燈的影子

在修學旅行的火車上
不知誰唱起了歌
老師笑了笑

車窗外的晚霞中
忽然浮現出
電燈的影子
像快要燃盡的焰火忽明忽暗

仔細看時，它的下面
還映出媽媽的臉龐

從山裡返回的火車上
不知誰又唱起了歌

鐘錶的臉

行商人的蝙蝠
領著短短的影子
走在正午白得刺眼的路上

忽然回頭，不知是誰
緊盯著我的
是一張蒼白的臉

閉上眼再睜開看
才發現
那是鐘錶的臉

一個人留在家好孤單
雖然盯著看了一會兒
可是只能看見鐘錶的臉了

玫瑰城

綠色小徑上露珠盈盈
小徑的盡頭是玫瑰之家

玫瑰之家隨風搖動
邊搖邊散發花香

窗口，玫瑰小精靈
露出金色的翅膀
與鄰居聊天

輕敲一下門
窗口和小精靈都不見了
只有花在隨風搖動

在玫瑰色的黎明
我來到了玫瑰城

那天
我是一隻螞蟻

明亮的家

在櫻草綻放的山丘上
有一個明亮的家

從早到晚，房間裡
全是擠不下的陽光

粉紅色的牆壁上
掛著彩虹和天使的一幅畫

像玩具店一樣的玩具架上
我知道玩具的數量

這個家建於何時，又經歷了什麼
我都知道

因為這是我的家
因為這是我的家

光腳

泥土又黑又濕
光著腳丫真乾淨

雖然有位原不認識的姐姐
幫我繫好木屐的帶子

土與草

沒娘的
草的孩子
成千上萬的
草的孩子
土一手
培育它們長大

儘管
綠草叢生了
把土遮蓋得
不見影蹤

拉鉤

在牧場的盡頭
紅紅的落日緩緩沉下

靠在柵欄上的兩個影子
一個來自城裡，身上繫著紅帶子
一個是牧場的窮孩子

「明天一定要找到呀
長著七片葉子的紫苜蓿」

「找到的話，就得送我一個
美麗的噴泉」

「好啊，肯定呀。打勾——」
兩人的手指勾在一起

牧場盡頭的草地變暗
紅紅的落日自言自語

「就這樣躲進草地吧
明天可不想出來啦」

桂花燈

點亮房間紅色的燈
窗玻璃外的桂花燈
也在繁茂的葉叢中點亮了
跟房間裡一樣

夜裡大家睡下後
葉子們圍著那盞燈
大家有說有笑呢
大家還一起唱歌呢

就跟我們
在飯後做的事情一樣

關窗睡覺吧
我們醒著的時候
葉子們都不敢說話了

夕顏花

傍晚
聽不到蟬鳴
一朵，一朵
只有一朵

輕輕、輕輕地
綻開
綠色的花蕾
只有一朵

啊啊，神靈
此刻正身居其中

隔扇門上的畫

這裡可是沉睡的森林啊
被邪惡的仙女詛咒
一片沉睡的森林啊

戴紅帽的啄木鳥
睜著眼站在柏樹上
啄著洞睡著了

開著花的櫻樹邊
剛張開翅膀想飛走的
兩隻繡眼鳥睡著了

花兒睡著了，忘了凋謝
風也睡著了，忘了搖晃

這裡是沉睡的森林啊
一片長睡不醒的森林啊

太陽・雨

沾滿塵土的
結縷草
雨把它們
洗淨了

洗得濕漉漉的
結縷草
太陽把它們
曬乾了

為了我能
舒舒服服地
躺著
仰望天空

雲

好像是要去
找誰
雲
飄入山中

山裡
空無一人
雲
又從山中飄出來

好像很無趣
雲獨自
在傍晚的天空
飄來飄去

和尚

那是在細浪湧動的
海灣邊的小路上

牽著我的手的
是一位陌生的行旅和尚

不知為何，最近我常想
「他是不是我爸爸呀」

但那已是很久以前的事
過去一去不復返

那是在螃蟹滿地爬過的
海灣邊的小路上

凝神看著我的
是蒲公英顏色的月亮

海濱的神轎

翻湧吧，波浪、波浪、人的波浪
神轎小舟都快被擠翻了
嗨喲、嗨喲、嗨喲、嗨喲

轉眼間，波浪、波浪、人的波浪
很快退到了鄰村
嗨喲、嗨喲、嗨喲、嗨喲

剩下的波浪、波浪，是海邊的波浪
像往常一樣在眼前湧來湧去
嘩啦、嘩啦、嘩啦

日曆和鐘錶

因為有日曆
忘記了是哪天
看了日曆
才知道已經到了四月

即使沒日曆
也知道是哪天
聰明的花兒
在四月綻放

因為有鐘錶
忘記了是幾點
看了鐘錶
才知道已經到了四點

即使沒鐘錶
也知道是幾點
聰明的公雞
在四點啼叫

折紙遊戲

紅色的四方彩紙呀
用它變個戲法吧

用我的十根手指
首先讓它變成：虛無僧

轉眼間，再讓它變成鯛魚尾
看呀看呀，尾巴活蹦亂跳呢

然後變成帆船
船兒揚帆要駛向何方

把帆降下，船變成兩艘
一同航行到世界的盡頭

再變成風車
吹口氣讓它旋轉起來吧

還要變成狐狸
讓它嗚嗚叫兩聲，之後要變成什麼呢

變成紙片吧
變回原來那張四方彩紙吧

彩紙可真神奇呢
變戲法可真高明呀

空院子的石頭

空院子的石頭
不見啦
拿它捉小鳥兒
多好啊

石頭被裝上馬車
拉走了
空院子裡的小草們
很寂寞吧

金魚

月亮呼吸的時候
呼出的是
柔和又令人懷念的月光

花朵呼吸的時候
呼出的是
純潔又馥郁的芳香

金魚呼吸的時候
呼出的是
像寶石一樣的水泡

小牛犢

一、二、三、四
大家在平交道數著貨車
五、六、七、八
貨車上載著小牛犢

要被賣到哪裡去呢？
小牛犢擠得滿滿的

在晚風冰冷的平交道
大家目送著貨車駛過

小牛犢晚上怎麼睡呢？
牛媽媽又不在牠們身旁

小牛犢要去哪裡呢？
究竟要去哪裡呢？

失物

鄉村車站的候車室
夜闌人靜

在等幾點的火車呢
破舊的布娃娃孑然一身

被末班車嚇了一跳
蟲子也悄聲鳴叫

拿著掃帚的爺爺
一直盯著布娃娃看

布娃娃的媽媽
是去了那幾座山的前方？
遠方，回聲響起

鄉村車站夜闌人靜
只有蟲子在輕輕鳴叫

兩個盒子

紅絹的、絲綢的、甲斐絹的
好看的碎布裝滿盒
黑的、白的、綠的
玻璃珠裝滿盒
　　　這些都是我的啊

有一天，等小哥哥
當上了船長
就把兩個盒子交給他
　　　這些都是我的啊

船遠渡重洋
去小人國島上做交易
然後，返程的甲板上
島上的寶貝堆成小山
　　　這些都是我的啊

我在明亮的外廊上
把碎布排成一行
然後，嘩啦啦地
數著玻璃珠
　　　這些都是我的啊

巡禮

油菜花盛開的時候
在海濱街道遇到的
巡禮的女孩不知為何沒來

我做錯什麼了嗎？
那時，身上帶的錢
夠買三個玩具紙人

可我沒買那個玩具紙人
只是沉浸在回憶裡等待

秋日明媚的街道上
到處飛著大蜻蜓

老楓樹

十一月的太陽
對院子裡上了年紀的楓樹說
到季節了

上了年紀的楓樹
迷迷糊糊地睡午覺
忘了給楓葉染色

因為新建的倉庫房頂很高
十一月的太陽
只從上面掃了院子一眼

院子裡上了年紀的楓樹
楓葉還是綠的
就悄悄地凋落了

星星和蒲公英

在藍天的盡頭
白天的星星肉眼看不見
像是海裡的小石子
傍晚來臨前都沉在海底
　　看不見它卻存在著
　　看不見的東西也是存在的

枯萎凋謝的蒲公英
在瓦縫裡不作聲
一直躲到春天來
肉眼看不見它頑強的根
　　看不見它卻存在著
　　看不見的東西也是存在的

夢和現實

如果夢是現實，現實是夢
該有多好啊
因為夢裡一切都無法註定
該有多好啊

比如白天之後是夜晚
比如我不是公主

比如月亮不能伸手摘下
比如無法走進百合花蕊

比如時針向右轉
比如死者無法重生

因為一切都無法註定
該有多好啊
如果現實出現在夢中
該有多好啊

花的靈魂

落花的靈魂
都誕生於
佛祖的花園

因為花很善良
太陽呼喚時
它一下子就綻開，露出笑容
為蝴蝶送上甜甜的蜜
給人們送去芳香的氣息

風說「來吧」，叫它時
它會聽話地隨風而去

連它屍骨的花瓣
都會變成我們扮家家酒的午餐

麥芽

莊稼人把麥種撒在地裡

每天晚上，霜降下
每天早晨，旭日又擦去它
麥田仍黑漆漆的

有一天，有人在半夜造訪
揮了三下手中的拐杖
「孩子們呀，孩子們，出來吧」

晨星和莊稼人
一起發現了麥芽
到處都長滿了麥田

早晨與夜晚

早晨來自哪裡？

從東方的山上探一下頭
轉眼間就駛過天空
悄悄地降落在小鎮

樹蔭、床下這樣的地方
太陽不出來都看不見

夜晚來自哪裡？

從床下、從樹蔭
氣呼呼地醒來
猛地站到屋簷上

夕陽西下
也搆不到雲的邊緣

兩棵草

兩個小草籽是好朋友
總是一言為定
「一起投身去廣闊的世界時
我們倆一定要形影不離呀」

可是，一個露出了芽
另一個還不見影蹤
等後一個也露出了芽
前一個已經長過了頭

蛇莓長得高高的
在秋風中輕搖
左右回頭
尋找著以前的朋友
沒留意到自己的腳下
老鸛草開了小花

樹

小鳥
站在樹梢
小孩
坐在樹下的秋千
細小的嫩葉
包在芽的裡面

那棵樹
那棵樹
很開心吧

彩虹與飛機

小鎮上的人
初見彩虹
出來看飛機
看到了彩虹

飛機
從陣雨後的天空
向著彩虹的圈
匆匆飛去

知道了
知道了
飛機
是為了讓小鎮的人
看到彩虹
而被彩虹
派來的
使者

一個接一個

月下玩踩影子的時候
大人就喊「該睡覺了」
（多想再玩兒一會兒啊）
可是回家躺下時
能做各種各樣的夢

正做好夢的時候
就被大人叫醒「該上學了」
（沒有學校就好了）
可是去了學校
有小夥伴玩耍也很快活

大家一起玩攻城遊戲時
上課鈴就把大家趕進教室
（沒有上課鈴就好了）
可是聽老師上課
又是那麼有趣

別的孩子也是這樣嗎？
是不是也像我這麼想

小雪

下雪了
下雪了

落地就化
變成一步三滑的
泥濘
下雪了

從哥哥，從姐姐
到弟弟，到妹妹
一個接一個，一個接一個
下雪了

一邊好奇地
起舞
一邊變成泥濘
下雪了

月亮與小偷

十三個小偷
從北山上下來了
排成一行黑色的隊列
打算在小鎮行竊

獨自一人的月亮
從東山上升起了
打算裝飾小鎮
給它披上了銀色的面紗

黑色的隊列變成銀色
銀色的隊列一個跟著一個
穿過銀色的小鎮

十三個小偷
忘了歸山的路
也忘了行竊的路

南天盡頭
山開始泛白，不知從哪兒傳來
公雞喔嗚喔、喔嗚喔的叫聲

上學的路

由於上學的路很長
路上總是想著編故事

如果在路上碰不到誰
會一直想到校門口

可是，在路上碰到了誰
又不得不去打招呼

於是，我想起了
好天氣、霜
以及田地的荒涼

因此，在上學的路上
最好別碰到任何人
在故事還沒有想好之前
最好走進校門

鳥巢

小鳥、小鳥
你用什麼築巢？

用稻草、用稻草築巢

小鳥、小鳥
稻草可跟你不相配

那麼，用什麼築巢？

用羽毛色的綠絲
用瞳孔色的黑絲
用嘴唇色的紅絲
用三種、三種顏色的絹絲
編呀、編呀，築巢吧

夜裡凋落的花

晨光裡
凋落的花
麻雀也跟它
比著跳

晚風中
凋落的花
晚鐘會
為它歌唱吧

夜裡凋落的花
誰來陪它玩兒？
夜裡凋落的花
誰來陪它玩兒？

茶櫃

茶櫃上
放著鐵皮罐
像寓言裡的
銀壺

鐘錶敲響了
三下
從裡面拿出來的
是餅乾

茶櫃裡
有一個點心缽
昨天裡面放的
是蛋糕

如果點心
不會自己冒出來
現在的點心缽裡
一定是空的

圍著轉

我們圍著轉一會兒再回家吧

圍著學校門口咕嚕咕嚕轉
有樹的話就圍著樹咕嚕咕嚕轉
圍著稻草堆咕嚕咕嚕轉
大家手牽手咕嚕咕嚕轉

這條路上什麼都沒有
有位一年級的小學生呀
圍著她咕嚕咕嚕轉

「圍著轉好玩兒吧」
「圍著轉好玩兒吧」

有時候

來到能看見家的轉角
想起了那件事

我得跟媽媽
鬧很長的彆扭才行

就是媽媽說過的那句話呀
「天黑之前回來」

可是，大家來叫我出去玩兒
忘了媽媽的話就跑出了家

總覺得沒面子
但也沒辦法
媽媽肯定喜歡
我高高興興的樣子

露珠

對誰都別說
好嗎？

在清晨
庭園的一隅
花兒
掉了眼淚

萬一消息
傳開了
傳到
蜜蜂的耳朵裡

牠會像
做了錯事一樣
飛回去
把蜜還給花兒的

雲的孩子

在有風的孩子的地方
波浪的孩子在玩耍

在有波浪大人的地方
也有風的大人

可是，雲的大人只顧在天空轉
雲的孩子好可憐

被風的大人領著
雲的孩子跑得喘不過氣

空的

想把紅木匣子裡裝滿的碎布頭
穿在娃娃身上
我的娃娃是空的

因為是空的，所以
從沒髒過臉，斷過手
它是世界上最美的娃娃

因為是空的
它才能跟我聊天，聽我說話
它是世界上最聰明的娃娃

紅鹿紋花布、還有友禪綢
不厭其煩地給它換著穿
我的娃娃是空的

水與風與孩子

在天地間
咕嚕咕嚕轉的
是誰呀
是水

繞著世界
咕嚕咕嚕轉的
是誰呀
是風

圍著柿樹
咕嚕咕嚕轉的
是誰呀

是想吃柿子的孩子呀

如果我是花朵

如果我是花朵
我一定會變成乖孩子吧

不能說，不能走
我該怎麼淘氣呢

但如果誰走過來說我
是討厭的花朵
我會立刻氣得凋謝吧

即使我變成了花朵
我也不會變成乖孩子吧
變得像花朵那樣

失物

在夏天的海濱
丟失的那艘玩具船
回到了玩具島上
　　在傾瀉的月光中
　　到達玻璃珠的岸邊

雖然曾打勾相約
但之後就沒再見過小豐妹妹
她回到了天空的故鄉
　　在飄落的蓮花中
　　被童子們守護著

而且，昨晚的撲克牌裡
長著鬍鬚可怕的大王
也回到了撲克的國度
　　在飄落的雪花中
　　被故鄉的士兵守護著

所有、所有失去的東西
都回到自己的家吧

留聲機

大人們一定覺得
小孩子不需要想事情

所以，當我划著我的小船
好不容易發現一座小島
正要穿過小島的城門時
大人們突然打開了留聲機

我不去聽那些聲音
想讓故事繼續下去
歌聲卻悄悄地闖進來
偷走了我的小島和城堡

山茶花

不見啦不見啦
看！
在哄著誰

風吹拂著
屋後的山茶花

不見啦不見啦
看！
一直在哄它

哄著
快哭出來的天空

水手與星星

水手看星星
星星說：
「快來呀，快來」
波浪高得驚人

水手目光炯炯
不懼風，不怕浪
調轉船頭向著星星的方向

不覺間
水手到岸了
叨念著「星星呢？星星呢？」
星星果然很遠

放走了水手
波浪更加惱怒了

北風的歌謠

半空中呼嘯的寒風
突然停止的時候
我想到——

風在半空中說：
聽吧！聽吧！歌謠
我的歌謠
冰原上
棲息的鳥鳴
雲的曠野上
雪橇滑過的鈴響
這些都是我
帶來的——

沒人回答，也沒人想聽
風在半空中
突然變得孤單無助——

月光

一

月光從屋頂
窺視著明亮的街道

一無所知的人們
跟白天一樣,快樂地
走在明亮的大街上

月光看著他們
輕輕嘆了一口氣
把很多誰都不要的影子
丟棄在房頂的瓦上

連這些都沒察覺的人們
像魚一樣
穿行過燈之河的街道
　　每一步,都拖著或濃或淡
　　伸長或縮短,變化無常的
　　路燈的影子

二

月光發現一條
昏暗幽靜的小巷

它急忙闖進去
當一個貧弱的孤兒
吃驚地睜開眼時
便飛進那雙眸子裡
　　好像一點兒也不疼
　　再把那間破屋子
　　照耀成銀色的殿堂

即使孩子不久又睡去
直到天亮,月光
都會靜待在那裡
　　永遠照著
　　壞掉的手推車、破傘
　　甚至一株嫩草

雨天

把彩紙
撒滿原野吧
把荒野
變成春天吧

唭嚓、唭嚓
剪碎了彩紙
但願明天
是個好天氣

傍晚，彩紙被人
扔掉了
遺忘的銀杏
落了一地

笑

那是美麗的玫瑰色
比罌粟籽還小
灑落到地上時
像突然點燃的焰火
綻放出一大朵花

如果能像淚珠滾落一樣
流露出這樣的笑臉
該有多麼、多麼美麗呀

元旦

想跟大家玩雙六
要等到大家做完事
真的好無聊啊
　　　遠處的空地上
　　　迴盪著男孩們的聲音

關上大門，豎起屏風
昏暗的屋內
像山一樣孤寂
　　　冰凍的地面上咔躂咔躂
　　　木屐聲冷冷清清

昨天盼著守歲好不耐煩
今早雖蹦蹦跳著穿上了和服
可過年還是很沒意思啊
　　　姐姐去了學校
　　　媽媽的活計還沒做完

春天的織布機

咚咚、唭嚓唭嚓
從前
佐保姬在織布

把麥子織成綠色
把油菜籽織成金黃
把紫雲英織成鮮紅
把霧靄織成白色

五種顏色
用了四種
剩下的
只有藍色

咚咚、唭嚓唭嚓
佐保姬
用它織出了天空

從夢到夢

一寸法師在哪兒
他身輕如燕
從一個夢飛向另一個夢

那麼白天他在哪兒
他從白天孩子們的
夢裡飛向另一個夢

沒夢的時候，他在哪兒
沒夢的時候，不知道他的行蹤
沒夢的時候—— 怎麼可能存在呢

暴風雨之夜

風狂吼
浪咆哮
岸邊
燈塔看守人自言自語

在風中
在浪底
現在還有沒有珍珠？

風的漩渦
雲的漩渦
漩渦上
藍色的星星自言自語

在風中
在雲底
昨晚的花蕾會不會綻放？

金魚之墓

漆黑孤獨的土裡
金魚在凝視
凝視夏天池塘裡的水藻
和光搖曳的幻影

靜靜、靜靜的土裡
金魚在傾聽
傾聽輕輕踏過落葉的
夜雨的腳步聲

冷冷、冷冷的土裡
金魚在懷念
懷念金魚販子的水桶裡
很久、很久以前的好夥伴

灰

開花爺爺，給我點兒灰吧
把筐裡剩下的灰給我吧
我想去做點好事

我不會把灰撒給
櫻花、木蘭、梨、李子
反正春天它們都會開花

我要把灰撒給
森林裡從未開過紅花的
可憐的樹

要是能開出美麗的花
那棵樹該有多高興啊
我該有多高興啊

狗

我家的大麗花開的那天
酒鋪的「小黑」死了

總是衝著
在酒鋪前玩耍的我們
發火的老闆娘嗚嗚地哭了

那天，我在學校
興沖沖地說起這件事

一下子覺得空蕩蕩的

草的名字

別人知道的草的名字
我一點兒都不知道

別人不知道的草的名字
我卻知道不少

那都是我起的名字
為我喜歡的草起個喜歡的名字

別人知道的名字
肯定也是以前誰取的

草真正的名字
只有天上的太陽才知道

所以，我取的名字
只有我一個人在叫

紫雲英葉子之歌

花被摘下
要去哪兒呢

這兒有藍天
雖然有雲雀歌唱

可我還會想起
那位快樂的旅人
和風吹去的方向

把玩的花根
在可愛的手中
是否有一隻手
也會把我摘下？

陀螺的果實

又紅又小的陀螺的果實
又甜又澀的陀螺的果實

手掌上陀螺的果實
一個轉著玩兒，一個吃掉
沒有了，再去找

雖是一個人爬上荒山
可是，躲在灌木叢中
紅色的果實數不勝數

雖是一個人在山上
但玩著陀螺，不知不覺天就黑了

暴風雨警報球

警報球
在晚霞裡是紅色的
警報球下面
小牛犢在活蹦亂跳

記不清是什麼時候了
自從警報球升起來
就再沒有人
議論紛紛了

警報球
在晚霞裡是紅色的
暴風雨到來的時候
它會給出警報

羽絨被

暖和的羽絨被
給誰蓋好呢
給睡在門前的小狗吧

小狗說：比起我
後山上的一棵松樹
正獨自遭受著風吹

松樹說：比起我
荒野上沉睡的枯草
正披著寒霜的衣裳

枯草說：比起我
睡在池塘裡的鴨子
正在冰被上受凍

鴨子說：比起我
雪庫裡的星星
整晚都凍得發抖

暖暖和和的羽絨被
給誰蓋好呢
還是我自己蓋著睡覺吧

數星星

伸著手指
數星星
數啊數
用十根手指
昨天數
今天也數

伸著手指
數星星
數啊數
一起來數吧

永遠永遠
數不完

夜雪

鵝毛大雪、小雪
飄雪的大街上
走著一位盲人
和一位小孩

明亮的窗旁
鋼琴在歌唱

盲人在聽
停下拐杖
鵝毛大雪
落在他的手上

孩子在看
明亮的窗
鵝毛大雪
妝點著她的娃娃頭

鋼琴在歌唱
真誠地
為他們倆
唱著春天的歌

鵝毛大雪、小雪
飄飄灑灑
在兩個人的頭上飛舞
溫暖又美麗

杉樹

「媽媽，我會變成什麼」
「得先學著長大」

杉樹的孩子想：
「如果我長大了
我要像山巔上的百合
開出大朵的花
再向山腳下竹林裡的黃鶯
學唱優美的歌」

「媽媽，我已經長大啦
接下來我會變成什麼呢」
杉樹媽媽已經不在了
大山回答道：
「你會變成跟媽媽一樣的杉樹」

袖兜

帶袖兜的浴衣可真好啊
就像串門子穿的新衣裳

溜出
開滿葫蘆花的後院
偷偷學著跳舞

拍一拍，再伸進手
看看是否有人在偷看

蓼藍的氣味還沒散去
帶袖兜的浴衣可真好

寂寞的時候

我寂寞的時候
別人不知道

我寂寞的時候
朋友們在笑

我寂寞的時候
媽媽的脾氣最好

我寂寞的時候
佛祖也寂寞

喜歡黃金的國王

喜歡黃金的國王
宮殿都變成了黃金

國王的手觸摸時
玫瑰也變成了黃金

被國王的手抱起時
連公主都變成了黃金

只要國王的手能觸摸到
世界的一切都會變成黃金

可是，可是
那時的天空
依然蔚藍

椅子上

我在岩石上
四周是海
潮水漲上來

喂——，喂——
不論我怎麼喊
海上的帆影
還是越漂越遠

傍晚
天空高遠
潮水漲上來……
（好啦好啦，該吃飯了）
哦，是媽媽在喊
我從椅子的岩石上
一股勁兒
跳進
房間的大海

報恩法會

輪到做法會的晚上下著雪
雪不下了天也黑了

走著夜路到寺院
粗大的蠟燭
和巨大的火盆
明亮又溫暖

大人們小聲地交談
孩子們一吵鬧就被制止

可是，明亮又熱鬧的寺院
小朋友們聚在一起
忍不住要耍鬧一番

夜深了，回到家
還是興奮得睡不著

輪到做法會的晚上，三更半夜
還能聽見咔躂的木屐聲

蓮花與母雞

從淤泥裡
開出蓮花

這樣做的
不是蓮花

從雞蛋裡
孵出小雞

這樣做的
不是母雞

我注意到了
這些

但也不能
怪我

朝拜與花朵

往前走呀
往前走呀

朝拜的孩子不走了

停在春日的
一家花店前

往前走呀
往前走呀

朝拜的孩子盯著
那些不知名的西洋花

連歌也不唱了
屏住呼吸

黃昏

「晚霞、晚霞」
停了歌唱
我們突然一聲不吭

可誰也不說「回家吧」

大家想到家裡的燈光
大家想到晚飯的飄香

「青蛙都叫了，回家吧」
不知是誰這麼一說
大家就分頭回家了

可我還想
再大聲喧鬧一陣

黃昏，草丘和小山
不知為何吹著寂寥的風

海螺的家

清晨的大海，沙路邊
響起硻硻的敲門聲，「我是送奶的
海豚的奶放這裡好嗎？」

正午的大海，水松一排排
響起叮鈴鈴的車鈴聲，「號外、號外
鯨魚被網捕到了」

夜晚的大海，岩石下
響起硻硻的敲門聲，「快開門呀
電報、電報」，沒人回答

感冒了？不在家？還是睡懶覺？
海螺的家門緊閉著
不分白天黑夜，都悄然無聲

石榴

樹下的孩子說：
「石榴呀
等你長熟了
送我一個啊」

樹上的烏鴉說：
「少廢話
石榴長熟了
首先屬於我」

鮮紅的石榴
不作聲
只是向下、向下
沉甸甸地垂著

寒雨

濕漉漉的雨
黃昏的雨
路燈還沒亮
被雨淋濕

昨天的風箏
和昨天一樣
還掛在樹梢上
被雨淋得不成樣

我一隻手
舉著笨重的傘
另一隻手拎著藥
回家

濕漉漉的雨
黃昏的雨
滿地的橘子皮
被踩踏，被淋濕

車轍和孩子

車轍軋過
紫羅蘭花
像軋過石子一樣

鄉間路上

孩子們
撿起小石子

像摘花一樣

在城裡的街上

漫長的白天

雲的影子
從一座山
飄向另一座山

春天的鳥兒
從一棵樹
飛向另一棵樹

孩子的眼睛
從一片天空
望向另一片天空

長長的白日夢
由天空
延伸到天空之外

十字路口

哪位
陌生的客人
不問我一下回家的路嗎？

鬧彆扭離家出走
秋日黃昏的十字路口

柳葉輕輕飄落
燈一盞盞點亮

哪位
陌生的遊客
不問我一下回家的路嗎？

光的籠子

我現在呀，是一隻小鳥

在夏日樹蔭下那光的籠子裡
被看不見的人餵養
我是可愛的小鳥
只知道歌唱

光的籠子破了
我一下子伸展開翅膀

可是，我很乖
被餵養在籠子裡唱著歌
我是好心腸的小鳥

大象

真想去印度
騎一騎大象啊

可是印度太遠了
那就把自己變小吧
騎上玩具的大象

若是這樣，油菜地和麥田
該是多麼幽深的森林啊

在那裡狩獵的野獸
是比大象還大的鼴鼠

傍晚，在雲雀那兒借宿
在森林裡逗留七天七夜

拖著堆積如山的獵物
走出幽深的森林時

從長滿紫雲英的街道上
仰望遼闊天空
該是多麼多麼的美麗啊

草原之夜

白天，牛在那裡
吃著青草

夜深了
月光在那裡遊走

月光輕撫時
小草噌噌長高
為了明天也能讓牛吃飽

白天，孩子們去那裡
採摘花朵

夜深了
天使一個人在那裡遊走

天使的腳踩過的地方
花兒們重新綻放
為了明天也能讓孩子們看到

山枇杷

陌生人爬到
山枇杷樹上
將帶枝的枇杷扔給
翻山越嶺的我們
　　枇杷果
　　熟透金黃——

山枇杷現在
只有葉子，誰也不靠近它
山頂路上的秋風吹著我
我走下山
　　一個小人影
　　拖得長長的——

午休

「想玩兒攻城堡啦，快來快來」
「想玩兒捉迷藏啦，快來快來」

那一組不讓我進
另一組已經有了頭兒

我假裝滿不在乎，在背陰處的
地面上畫火車

那一組開始分頭攻城了
另一組正在捉迷藏

不知為何有點緊張
大家的遊戲開始了

喧鬧中，從後山
傳來陣陣蟬鳴

小石塊與種子

小石塊
埋在大街的土裡

菜種
埋在田地的土裡

雨下在
大街
和田地裡
太陽照在
大街
和田地上

田地裡冒出新芽
莊稼人很高興

小石塊鑽出大街，剛一瞧
要飯的小孩兒就絆倒了

再見

媽媽、媽媽等一下呀
我正忙著呢

馬廄裡的馬，雞窩裡的
母雞和小雞
我要去跟它們說再見啦

如果還能遇見昨天那位砍柴人
我還想去山裡看看

媽媽、媽媽等一下呀
我還有事情忘了做呢

回到城裡就見不到
路邊的鴨蹠草和蓼花了
看看這種花、再看看那種花
我要好好記住它們的模樣

媽媽、媽媽等一下呀

櫻花樹

如果媽媽不罵我
我想爬到
開著櫻花的樹枝上

爬上第一根樹枝
就能看到晚霞中的小城
宛如童話中的仙境吧

坐到第三根樹枝上
被花朵團團包圍
我就好像花公主
因為我撒下神秘的灰
花才開得更爛漫

如果沒有人發現
我想爬到櫻花樹上

鄰家的杏樹

花都開了
無論是雨中還是月夜

散落的花瓣越過圍牆
飄到浴池的水面上

枝葉間剛結出果實時
大家都忘了杏樹的存在

等杏子長紅熟透
開始期待它什麼時候落進我家

托鄰家的福
我也吃到了兩個杏

鐘擺

呆望著鐘錶的小窗
停止的鐘擺寂寞難耐

窗外，看得見小鎮
孩子們正在跳繩

有人找我玩兒嗎？
有人來搖晃我的秋千嗎？

呆望著鐘錶的小窗
生銹的鐘擺寂寞難耐

花與鳥

花與鳥
在繪本中
玩耍

花與鳥
在祭奠的人群前
並立

花店裡的花

和誰
一起玩？

和誰
一起玩

鳥店裡的鳥

看不見的城堡

在田野和山中狩獵時，斜日向晚
我領著看不見的隨從
返回看不見的城堡

田野間有位看不見的牧羊人
在遠處吹著看不見的笛子
呼喚看不見的羊群

穿過森林，那金黃色
看不見的城堡的窗戶
閃閃發光

我是小小的王子
騎著看不見的馬
看不見的鈴鐺叮叮響

麻雀之墓

修一座麻雀墳吧
墓碑上寫著「麻雀之墓」

風一吹就被笑話
只好悄悄放進袖子裡

雨後，出去一看
麻雀不知埋在了哪兒
只有白色的繁縷花

「麻雀之墓」建也建不了
「麻雀之墓」丟也丟不掉

赤土山

紅土山上的紅土
被賣往城裡

紅土山上的紅松
從根部開始塌陷
一邊歪倒一邊哭
目送著馬車的行蹤

閃耀的藍天下
一條安靜的白路上

載著賣往城裡的紅土
馬車越走越遠

學校

有坐船來學校的孩子
也有翻山越嶺來學校的孩子

後面的山上響著蟬聲
前面的堤壩上刮著蘆葦的風

穿過水田能看見大海
主帆和偏帆都漸行漸遠

紅瓦上的雪化了
桃花開在藍天下

新生入學時
鷗鷳和青蛙都在叫

我們背著黑書包
摘下紅草莓

紅瓦房的學校
映在水中的那個房頂啊

那水中的倒影
現在只映在我的心裡

山櫻花

櫻花、櫻花、山櫻花
我插在自己的頭髮上
　　變成山的女神

櫻花、櫻花、山櫻花
站在那棵櫻樹下
　　山的女神站在櫻樹下

櫻花、櫻花、山櫻花
「我說給我跳個舞吧」
　　山的女神這麼說

櫻花、櫻花、山櫻花
紛紛揚揚地飄灑
　　為山的女神翩翩起舞

櫻花、櫻花、山櫻花
頭髮上的櫻花都落下
　　在跑回家的山路上

假名紙牌

突然聽到
孩子們的聲音
「不是花是美食，花是は開頭呀」

去接哥哥的路上
毛毛雨淅淅瀝瀝

回頭看，防雨窗緊緊關著
可還有燈光漏出

「好啦，念下一個……」
我繼續走
前面的前面
一片黑暗

仙人

吃花的仙人
飛上了天
　　故事到此結束

我也吃了花
緋紅的桃花很苦澀
　　於是，我又吃了紫雲英

只要一直吃花
總會飛到天上去
　　於是，我又吃了一朵

可是，天就要黑了
家裡的燈都亮了
　　於是，我回家吃飯了

乒乓球

二樓窗口的毛玻璃上
映出
打乒乓球的人影

港城的春夜
月亮撐起傘

跟媽媽從澡堂回來
身上散發淡淡的肥皂香
木屐在腳下咔躂響

即使走開了很遠
還能聽到
澡堂二樓打乒乓球的聲響

和好

紫雲英的小道上，春霞籠罩
女孩站在另一端

女孩手裡拿著紫雲英
我也摘了朵紫雲英

女孩笑起來，看到她笑
我也不由得笑起來

紫雲英的小道上，春霞籠罩
雲雀唧啾唧啾地叫

海的花園
　　—— 於澤江海

海灣底下的花園
在船上就能看到

飛動的是光的白蝴蝶
搖曳的是綠色西番蓮

像牡丹的是數不清的
紫色水母花

這樣美麗的花園
陸地上可沒有

海邊只有
不起眼的小番杏

遙遠的海底
有丘陵、山澗和河畔
還有海龍王
那城堡裡綻放的花

只知道陸地上花朵的孩子
想都想不到

秋千

電線杆的鐵枝
是電工攀登用的枝
　　我把秋千掛在了上面

附近沒有樹嘛
家又那麼窄，還會挨訓
　　我就把秋千掛在那裡了

秋千才盪了一下
就撞到了電線杆上
　　秋千就這麼解體了

我小心地把繩子纏在手上
飛奔而去
跑向可以跳繩的小巷

燕子

撲棱一聲燕子飛走了
目光隨著它看到了夕陽西下

然後我在天空中發現了
口紅一樣紅的晚霞

然後我開始想起
燕子飛來小城的時候

熱鬧的葬禮

明媚、明媚的春日
浩浩蕩蕩的葬禮

數百個花圈
在明媚的天空下連成一片
大家看起來都很開心

塗成朱紅色的車
載著黑翅膀的鴿子
它們都發著光

啊，一個小男孩兒
鑽進花圈裡
我也想鑽一次
　　　就像廟會之夜
　　　鑽進神轎下

高高、高高的旗幟上
飄著淡淡、淡淡的雲
真是一個晴朗的春日

佛龕

後院摘下的柳丁
城裡買來的點心
都要供到佛龕前
沒有我們的份

可是，慈祥的佛祖
會立刻分給我們
因此，我恭敬地
伸著雙手領受

家裡雖沒有花園
但佛龕前
總是開著美麗的花
為室內增添了亮色

慈祥的佛祖
也會把花送給我
但是，凋謝的花瓣
絕不能用腳踩

奶奶每天早晚
都會給佛龕燒香點燈
金黃色的佛龕內
如同輝煌的宮殿

每天早晚，我都不忘
在佛龕前禮拜
然後在那時回顧
一天裡忘記的事情

就算我忘了，佛祖
都替我記著呢
所以我常常感恩
「謝謝您、謝謝您佛祖」

佛龕雖然像黃金宮殿
其實是一扇小小的門
等我變成了乖孩子
總有一天也能穿過這扇門

竹蜻蜓

咯吱吱、咯吱吱，竹蜻蜓
飛起來、飛起來，竹蜻蜓

比二樓的房檐還要高
比那棵杉樹還要高
比葛城山還要高

我削出來的竹蜻蜓
替我飛起來

咯吱吱、咯吱吱，竹蜻蜓
飛起來、飛起來，竹蜻蜓

比山頂上的霧還要高
比雲雀的歌聲還要高
在空中穿雲撥霧吧

可是，不要忘記
一定要飛回這條小路上

積雪

上面的雪
很冷吧
冷冷的月亮照著它

下面的雪
很重吧
好幾百人踩著它

中間的雪
很孤單吧
看不見天也看不見地

藏好了嗎？

—— 藏好了嗎？
—— 還沒呢
枇杷樹下
牡丹叢中
孩子們在捉迷藏

—— 藏好了嗎？
—— 還沒呢
在枇杷樹枝
和綠色的果實間
孩子們跟小鳥和枇杷捉迷藏

—— 藏好了嗎？
—— 還沒呢
在藍天之外
和黑土地當中
孩子們跟夏天和春天捉迷藏

這條路

這條路的前方
有一片森林吧
無依無靠的朴樹啊
沿著這條路去吧

這條路的前方
有一片大海吧
蓮池裡的青蛙啊
沿著這條路去吧

這條路的前方
有一座城市吧
一臉落寞的稻草人啊
沿著這條路去吧

這條路的前方
一定會有什麼吧
大家大家一起去吧
沿著這條路去吧

天藍色的花

天藍色的花
小小的花呀，你好好聽著

從前，這裡有一位可愛
黑眼睛的小姑娘
一定像我一樣
總是把天空眺望

因為總是眺望藍天
她的瞳孔不知何時
變成了天藍色的小花朵
現在仍在眺望

花朵呀，如果我的故事
沒錯的話
你比了不起的博士
都瞭解真正的天空

眺望著天空
我一直想了很多很多
明明對天空一無所知
大家卻都在眺望，都知道

了不起的花朵默默地
癡癡望著天空
現在，仍用被天空染成藍色的瞳孔
不知厭倦地眺望著天空

天空與大海

春日的天空亮光光
絲綢一樣亮光光
為什麼、為什麼亮光光

那是因為星星
露出了臉呀

春日的大海亮光光
貝殼一樣亮光光
為什麼、為什麼亮光光

那是因為珍珠
藏在裡面呀

好事情

舊土牆
坍塌
從豁口
看見了墳頂

路的右側
山的背後
第一次
看見了大海

每當做了
一件好事情
路過時
就很高興

紫雲英

聽著雀叫摘著花
不知不覺摘滿了一把

帶回家花會枯萎
枯萎了就會被誰扔掉
像昨天一樣被丟進垃圾箱

回家路上
我發現一片沒花的地方
於是輕輕、輕輕地把花撒下
——就像春天的使者那樣

氣球

拿氣球的孩子站在我身旁
就像我拿著一樣

從廟會結束的後街上
嘀——傳來笛子聲

紅氣球
白月亮
浮在春日的天空上

拿氣球的孩子走了
我變得有些小寂寞

葉子的嬰兒

說「快睡覺啦」
是月亮的工作
輕輕地為它蓋上月光
唱著無聲的催眠曲

說「起床啦」
是風的工作
東方泛白
搖醒它睜開眼

小鳥們是
白天的守護者
大家時而唱歌
時而藏進枝椏再飛出

小小的
葉子的嬰兒
吃飽了雨露就睡
睡著睡著就長胖了

紙氣球

數一，然後拍一下手
紙氣球升空

絹一樣的長雲，羽毛一樣的雲
柳條一樣的雲

「小竹山，嘩啦啦」
歌裡的猴子拍著手

在春天拍著手
大家快樂地一起玩兒

一個人在晴空下玩兒
一個人在春天裡玩兒

金平糖的夢

金平糖
做了一個夢

在春日鄉村
點心鋪的玻璃瓶裡
做了一個夢

夢見
乘著玻璃船
越過大海
在大海盡頭的
天空
變成了星星

佛之國

若能去同樣的地方
佛最喜歡的
肯定是我們

可愛的花朵們
為大家唱著動聽的歌
若與射殺的鳥一起
去同樣的地方

若去不同的地方
我們去的地方
就是最低賤的地方

最低賤的地方
我們肯定到不了
因為那裡比中國還遠
比星星還高

最低賤的地方
我們肯定到不了
因為那裡比中國還遠
比星星還高

好眼睛

我想有一雙
能瞄準山對面的鴿子眼睛打槍的
好眼睛

即便在城裡，在媽媽身邊
也能看見鄉下的樹林
枝椏間歸巢的鳥

能看見海裡的小島背陰處
岩石縫裡的鮑魚

能看清晚霞中
雲朵上天使的姿容

如果有這樣的好眼睛
就會永遠在媽媽身邊
還能看各種風景

聲音

在天空明亮的
傍晚
總是在遠處
響起聲音

像是大家
在捉迷藏
又像
波浪聲
還像
孩子們的聲音

飢腸轆轆的
傍晚
總是在遠處
響起聲音

小姑娘

給我指路的遊客
早就沒了影蹤
可我還有點茫然

我一直想
即便在童話中的王國
我被人稱作公主
可我還是一個貧窮的鄉下姑娘

「小姑娘，謝謝你」
聽到這句話，我悄悄環顧四周
心裡有種說不出的奇妙

千屈菜

長在河岸邊的千屈菜
開出誰也不認識的花

河水千里迢迢
流往遙遠的大海

廣闊無邊的大海中
有一滴小小的水珠
總是惦念著
誰也不認識的千屈菜

那是從孤零零的千屈菜的花裡
灑落的一滴露珠

滾鐵環

穿過那條街
穿過這條街
滾著鐵環嘎啦啦
超過一輛人力車
超過兩輛馬車
滾著鐵環嘎啦啦
超過第三輛
就離開了城市
向著城外嘎啦啦

田間的道路
連著天
滾著鐵環到天上，嘎啦啦
天黑了
向著晚霞
丟下鐵環跑回家

海上升起的星星
戴著鐵環
天文台的博士看見了
驚訝地說：
「快看快看，新發現！
土星變成了兩個」

誰會跟我說真話

誰會跟我說真話呢
把我的事情告訴我
　　別人家的阿姨誇獎了我
　　可不知為何她笑了一下

誰會跟我說真話呢
問花兒，花兒搖頭
　　這也難怪，花兒們
　　一個個都那麼美

誰會跟我說真話呢
問小鳥，小鳥逃掉
　　一定是問了不該問的事
　　它才一聲不吭地飛走了

誰會跟我說真話呢
問媽媽，又難以啟齒
　　（我究竟是可愛的乖孩子
　　還是難看的醜小鴨呢）

誰會跟我說真話呢
把我的事情告訴我

白天與夜晚

白天過後
是夜晚呀
夜晚過後
是白天呀

身處何處
才能看見呀

長長的
繩子
連接著這頭
與那頭

單腳跳

單腳、單腳、單腳跳

手裡提著穿破的草鞋
在麥田的小道上單腳跳著走

跳起來能看到遠處的小河
還有田埂上的豆花
麥子好像也在跟我跳

路邊的紫雲英開了
油菜花也洋溢著笑臉

右邊摘花，左邊摘花
手裡的破草鞋成了累贅

破草鞋還要嗎？
還是順手扔掉吧

單腳、單腳、單腳跳

皮球

尋找皮球的城市小孩
去了陌生的城市
從牆上突然飛過來的
是很快就消失的肥皂泡

尋找皮球的城市小孩
去了鄉下的獨棟房
從人家的屋後發現的
是很快凋謝的八仙花

尋找皮球的城市小孩
走到了藍天
白色柳樹的雲影中
皮球就藏在了那裡

電線杆

耳邊響起麻雀的叫聲
電線杆睡醒了

從蔬菜車消失的地方
電工咯噔咯噔地走過來

午後刮起了風
孩子們捂住了耳朵

氣球掙斷了線
掠過電線杆的鼻尖飛上天

太陽落山的傍晚
星星從電線杆的上端探出頭

腳下，救世軍唱著歌
電線杆又睏了

擦玻璃

上到窗台擦玻璃

擦著擦著，教室的
課桌上長出了草
有人光著腳正在拔

拔光草後的黑板
有人正往上塗墨汁

剛塗過的黑板上
盛開著山櫻花

河堤前面的小保姆
看著花徑直走了過去

窗玻璃上的倒影無人知
看影子的我也無人知

第一顆星星

雲雀在空中
發現了第一顆星星

船長的兒子在大海上
發現了第一顆星星

中國的孩子在中國
發現了第一顆星星

誰會成為
第一位發現者呢

知道答案的
只有第一顆星星

那個孩子

—— 有人搶走了那個孩子
—— 那個孩子還叫過我

—— 那個孩子去了哪兒
—— 去了我的故鄉

—— 那個孩子是個淘氣鬼
—— 雖然淘氣
—— 可那個孩子的媽媽在那兒
—— 一直等著，一直惦著

畫

無聊的時候
趁爸爸的房間沒人
站在書架前
看書脊上燙金的文字

有時，偷偷地踮起腳
抽出一本厚厚的書
像抱娃娃一樣抱著它
來到明亮的走廊

書裡都是橫排的文字
雖然一個假名都沒有
那些文字卻像花紋一樣美麗
而且散發出奇異的墨香

舔著手指，一頁一頁
翻動白色的紙張
書裡寫著的故事
一個接一個地浮現

嫩葉的影子映在文字上
在五月的走廊
我真喜歡
翻爸爸的大書呀

桃子

一、二、三
撲過去

搖啊搖
搖動桃樹枝

桃樹枝搖低了
可忽左忽右還是抓不住

一、二、三
桃樹枝搖下來

突然桃樹枝
又反彈上去

那個桃、那個桃，真高啊
那個桃、那個桃，真大啊

創造

小鳥
用稻草
築了那個巢
　　那稻草
　　那稻草
　　是誰創造？

石匠
用石頭
造了墓碑
　　那石頭
　　那石頭
　　是誰創造？

我
用沙子
做了個盆景
　　那沙子
　　那沙子
　　是誰創造？

魚市場

海峽裡
晚潮
卷成漩渦

遠方
暮色
壓頂

暗雲從大海飄來
偷看
打烊的
市場

孩子、孩子
你們也在某處
偷看著
什麼吧？

秋刀魚顏色的
黃昏
烏鴉一聲不響地
飛過天空

撲克牌的房子

用撲克牌
蓋一座房子吧
房間都用背面鋪好
地板的圖案很漂亮
一張方塊當作電燈

庭院裡栽上黑桃和梅花樹
紅心的花紛紛飄落
撲克牌的房子
誰來居住？
從四個大王和四個皇后中
挑出不受歡迎的黑桃夫婦
讓他倆同居吧

把撲克牌的房子
推倒吧
鐘錶噹噹敲響了五次
姐姐拿來了掃帚

洋娃娃樹

不知何時埋下的種子
長出了一棵小桃樹

雖然只有一個洋娃娃
我還是把它埋在庭院的一角

我會忍著孤獨
等它冒出兩片新芽

等小小的新芽長大
三年後就會開花
秋天結出可愛的洋娃娃
我會把它從樹上摘下
給全城的孩子每人一個
因為洋娃娃樹結果啦

心願

夜深了
好睏啊

哎呀、哎呀，還是睡吧
等三更半夜，肯定會有個
聰明的小矮人
戴著小紅帽
突然來到這個房間
悄悄幫我做算術作業

鵯越

鵯越的
懸崖上
螞蟻的大軍
攻下山去

敵方「平家軍」
是梨核兒
我丟掉的
那個梨核兒

　　山口茶館的
　　午後
　　松葉搖曳
　　伴著蟬鳴

螞蟻的大軍
勇猛地
包圍了
梨子城

麻雀

有時我想呀

我要給麻雀餵好吃的
把牠們餵熟了再取上名兒
讓牠們停在我的肩膀和手掌
一起到外面玩兒

可是我很快就忘了
因為要玩兒的太多
哪兒還能記得麻雀呢？

而且我想起的時候已經是晚上了
晚上哪兒有麻雀呀

我總想要是麻雀知道
我平常想的那些事情的話
肯定又是白等一場吧

我真是個壞孩子呀

看不見的星星

天空的盡頭有什麼

　　天空的盡頭有星星

星星的盡頭有什麼

　　星星的盡頭也有星星
　　有肉眼看不見的星星

看不見的星星是什麼星星

　　是萬人擁戴的國王
　　嚮往孤獨的靈魂
　　和是萬人矚目的舞女
　　想要躲藏的靈魂

全世界的國王

我想把全世界的國王都召集到一起
跟他們說：今天天氣真好

因為國王的宮殿那麼大
可能哪個國王都沒見過
這麼藍的天吧

把全世界的國王召集到一起
說不定比當了國王
還要開心呢

時間爺爺

滴答、滴答，匆匆奔跑
時間爺爺總是很忙

只要是我擁有的東西
什麼都可以送給你

帶孔的小石子、帶花紋的小石子
五個藍色玻璃珠

還有浮世繪舊畫片
銀色的芒草簪子

滴答、滴答不停奔跑
時間爺爺巨大無比

只要你現在
馬上把節日帶過來的話

夏天

「夏天」晚上熬夜
早上睡懶覺

夜晚，我睡著了之後
「夏天」還不睡，一大早
我叫醒牽牛花時
「夏天」還在賴床

涼爽的、涼爽的
微風拂過

夏越祭

煤氣燈照在
飄浮的
氣球上

走馬燈轉啊轉
人來人往的路旁
冰店的叫賣聲清涼

朗朗
天河
這夏越祭的深夜啊

拐過了十字路口
星空下
氣球黯淡下來

雨中的五穀祭

被大雨沖洗
五穀祭的夜深了
此刻，夜空隱約閃出幾顆星

路上沒有行人，泥窪裡
映著熄滅的燈籠

遠處路上的汽車
嗚嗚地駛過
聽起來像是開往天空

一顆、兩顆、三顆
夜空中星星越來越多

誰家屋簷下的燈籠
又有一盞熄滅了

夏夜

黃昏了
天還很亮
星星
吹著口琴

黃昏了
街上還塵土飛揚
空馬車哐啷哐啷
跳著舞

黃昏了
地上還很亮
線香焰火
燃盡
紅紅的火球
無聲地熄滅

柳丁園

柳丁園的柳丁樹
都被連根砍倒了
變成了一塊普通的農田

不知道田裡將來要種啥
要是種了茄子就不能盪秋千啦
　　　（小瓢蟲說不定能）
種了豆子哪兒還能玩爬樹呀
　　　（要是傑克的魔豆樹那就另當別論）

柳丁園的柳丁樹
果子還沒熟呢就被砍掉
又少了一個玩耍的地方

啞蟬

喋喋不休的蟬在歌唱
從早唱到晚
無論誰看著它都唱
總是唱著同樣的歌

啞蟬寫歌
默默地把歌寫在樹葉上
趁沒人看時寫
寫誰也不唱的歌

（啞蟬難道不曉得
秋天來了，樹葉落在地上
就會腐爛嗎？）

山裡孩子的夢

山裡頭
溫泉小鎮
旅店的女兒
做夢
夢見
美麗的大海

圓滑
重疊
紅色的波浪裡
飛著金色
和銀色的
白鴿

醒來想一想
真是空虛
那是手匣裡
舞扇上的美景

小村莊

小人偶
小人偶
我想去一次你的小村莊

你小村莊的草房
能放在我手掌上吧

還是開滿了紫雲英
你也摘過它吧

摘著摘著天黑了
會升起小小的月亮吧
小人偶，小人偶
你小村莊裡的春天
連我都十分懷念呢

當大屋變冷時
當害怕一隻大貓時
我是多麼想念你啊

大象的鼻子

胖呼呼、胖呼呼
一頭白色大象
在山頂上

胖呼呼、胖呼呼
向著天空
大象伸長了鼻子
——淡藍色的天空中
　　丟失的象牙
　　又白又細

胖呼呼、胖呼呼
大象的鼻子伸啊伸
可還是那麼遠

怎麼
也摸不著
天快黑了
——寧靜的天空
　　摸不著的象牙
　　越來越白

文字燒

文字燒的香味兒呀
雨下著
淅淅瀝瀝地下著

零食鋪的裡頭烏漆抹黑
發紅的煙頭
隱約可見

五六個人在那邊的十字路口
異口同聲地說著
再見

文字燒的香味兒呀
雨下著
淅淅瀝瀝地下著

走在海上的媽媽

媽媽，別去那兒
那邊是大海呀
看，這裡是港口
這把椅子是船
現在就要出港了
快坐上船呀

哎呀、哎呀，不行啊
走在大海上
嗆得喘不過氣了吧
媽媽，真的
不要笑
快點、快點上船吧

媽媽到底還是走了
不過、不過，沒關係
媽媽真的了不起
她能走在大海上
了不起
了不起

船之歌

我曾是年輕的船
熱鬧的進水式
被五色旗裝點著
第一次出海時
無邊無際的波浪
都拜倒在我的面前

我曾是堅強的船
是迎著風暴、波濤和旋流
勇往直前的船
銀魚堆積如山
拂曉返航時
有如凱旋的戰士

我如今也老了
已是海峽悠閒的渡船
繞著岸上草房邊的向日葵
我悶悶不樂
於半夢半醒間懷戀
重複的舊夢

陣陣蟬鳴

火車窗外的
陣陣蟬鳴

獨自旅行的
傍晚
閉上眼
金色和綠色的
百合花
便綻放在眼中

睜開眼
車窗外
有不知名的山
披著晚霞

經過後
還會再傳來
陣陣蟬鳴

寂寞的公主

被強大的王子營救
公主回到了城堡

城是從前的城
玫瑰綻放如初

不知為何，公主卻寂寞莫名
今天依舊望著天

　　　（魔法師雖可怕
　　　但他變出的
　　　拍打著雪白閃光的翅膀
　　　飛向遙遠天空的小鳥
　　　卻令人懷念）

花朵在街上飄舞
宴會還在城堡繼續
依然寂寞的公主
獨自待在傍晚的花園
不看鮮紅的玫瑰
只是一味地望著天

月亮和姐姐

我走月亮也跟著走
月亮可真好

如果每晚
都不忘來到夜空
那月亮就更好啦

我笑姐姐也跟著笑
姐姐可真好

如果不用忙著其他事
能一直陪我玩兒
那姐姐就更好了

帆

剛看了一會兒岸邊的
貝殼
帆船轉眼就不知了
去向

就這麼
不知了去向
是遇到了誰——
還是發生了什麼——

初秋

周日的銀行純白肅穆
蟋蟀唧唧、唧唧地鳴叫著

蜻蜓輕盈地飛過
早晨微微泛白的天空

　　　（入秋的今天早晨
　　　　到達了港口）

周日的銀行純白巨大
太陽清晰地刻劃它的影子

拖著白絲的蟬，被電線纏住
正在抖動它薄薄的翅膀

鐵道口

鐵道口的執勤室在寬廣的天空下

執勤室前面的老爺爺
正在讀今天的報紙

　　　長長的、長長的影子
　　　褲腳有馬蘭花綻放
　　　胸口則有蟲子叫

鐵道口的柵欄豎在晴朗的天空中

蟋蟀躲在草葉間
正衝著白晝的月亮叫

蘋果園

在北斗七星下
無人知曉的雪國
有一個蘋果園

沒有圍欄，也無人看管
只有園中老樹的粗枝上
掛著鐘

孩子摘下一個蘋果
就敲響一次鐘

每當鐘聲鳴響
就有一朵花綻放

坐著馬拉的雪橇
去北斗七星下的旅人
聽到遠方傳來鐘聲

聽到遠處的鐘聲時
冰冷的心融化了
全都化成了眼淚

小女孩與小男孩

紅傳單
藍傳單
散落在春日的街頭

小女孩
撿起紅傳單
折成衣服
給小石塊穿上
把小石塊捧在手中
唱起了搖籃曲

小男孩
撿起藍傳單
拿著它
跑到家裡
大聲嚷嚷：
「電報、電報」

曼珠沙華

村裡的廟會
夏日時
白天
也放焰火

秋天的廟會
在鄰村
遮陽傘在小巷裡
排列成行
住在
地面上的人
點上一根焰火

紅紅的
紅紅的
曼珠沙華

一夜秋至

秋天一夜而至

風吹了二百一十天
雨下了二百二十天
風停雨止的那天黎明
它悄然在夜色中來臨

它是乘船到港口？
還是用翅膀飛過天空？
抑或從地底湧出？
無人知曉
可秋天已在今早來臨

看不見秋天在哪裡
只知道它已來臨

落葉的紙牌

散落山路的紙牌
是什麼牌？
金色和紅色的落葉紙牌上
寫著蟲子啃出的書法大作

散落山路的紙牌
誰來讀？
黑色的小鳥翹著黑色的尾巴
啾啾、啾啾地叫著

散落山路的紙牌
誰來撿？
山風吹來吹去
肯定會刮走一次

指甲

拇指的指甲
長一張扁平的臉
看起來結實健康
　　像我們的老師

食指的指甲
扭歪了臉
看起來像要哭
　　像馬戲團裡的小丑

中指的指甲
長一張圓圓的臉
總是笑著
　　像以前認識的姐姐

無名指的指甲
長一張方臉
總在思考
　　像那位旅行的叔叔

小拇指的指甲
長一張漂亮的鵝蛋臉
　　似曾相識
　　卻又不知道是誰

破帽子

跳來轉去的小皮球
從手中滾落地上
被要飯的小孩撿走了

想追回，又怕他
盯著、盯著，小孩把球扔回給了我

是離開，還是打算回家
小孩戴上草帽，剛轉身要走
頭上的那頂破帽子
帽沿直接掉到脖子上

小孩轉身低頭一瞧，哈哈哈地笑了
我也不由地笑出了聲

破帽子離去的路上
蜻蜓成千上萬地翩翩起舞

竹手槍

竹手槍
砰、砰、砰

昨天還沒見過呢
一夜之間就流行起來了

大家都去砍矮竹子
大家都做紙團子彈

竹手槍
砰、砰、砰

昨天還很熱呢
一夜之間秋天就來了

大家都在削著竹竿
大家都在仰望天空

一萬倍

比世界上所有
國王的宮殿彙集一起
還要美麗一萬倍的
——是繁星點綴的夜空

比世界上所有
女王的衣裙彙集一起
還要美麗一萬倍的
——是清晨倒映在水中的彩虹

比繁星點綴的夜空
和水中清晨的彩虹
全部彙集一起
還要美麗一萬倍的
——是天上神仙的國度

計數

天空兩朵雲彩
路上五個行人

從這裡到學校
要走五百六十七步
路過九根電線杆

我盒子裡的玻璃球
原本有兩百三十個
但有七個滾丟了

夜空的星星
數到一千三百五十個
還是數不清

我喜歡計數
不論什麼都想數一數

孩子與潛水夫與月亮

孩子摘下原野的花
可是，在回家的路上
孩子把花都撒了

等回到了家，花撒得一乾二淨

潛水夫在海裡採珊瑚
可是，浮上來就把採到的放到船裡
然後又隻身潛入水中

屬於潛水夫的什麼也沒有

月亮拾著天空的星星
可是，過了農曆十五
又把星星撒滿夜空

月末時便消失了影蹤

塗鴉

聽著
雨聲
瞪著牆上的
塗鴉畫

不知是誰
何時畫下
像我的畫一樣
難看

藥味
衝鼻
一個人圍著
巨大的火盆

仔細
盯著
只露出臉龐的
姐姐

睡眠火車

睡著的孩子坐上火車
火車駛出睡眠站

火車經過的是夢之國
沿著珠鍊穿的
紅色軌道不停地跑

月兒明，雲朵紅
玻璃塔的尖頂上
閃現白亮的星

一切景色從車窗閃過
火車到達睡醒站

夢之國裡的禮物
誰也帶不回
通往夢之國的路
只有睡眠火車才知曉

占卜

晚霞
斜陽
把紅草鞋
扔起來

紅草鞋的
底朝上
再
扔一次

扔一次
再扔一次
直到鞋面
朝上為止

晚霞
斜陽
一直扔到
雲彩上

遠處的火災

遠處發生了火災
大家像沒事兒一樣
還在玩兒打仗呢

火滅啦、火滅啦，有人喊著跑過來
「工兵」在誰的眼皮子底下
排掉了敵人的「地雷」

終於決出勝負，大家正在路邊
吁吁喘氣時
滅掉大火的三號消防隊
吹著喇叭過來了

大家默默地目送著
黑色的滅火水泵離去的天空
半個月亮升起
像撐開一把巨大的傘

全都想喜歡

我想喜歡上
所有的一切

蔥、番茄還有魚
我想一個不剩地喜歡

因為家裡的飯菜
都是媽媽親手做的

我想喜歡上
所有的人

連醫生和烏鴉
我也想一個不剩地喜歡

因為世界上的一切
都是神親手創造的

茅草和太陽

—— 再長高一點兒
—— 再長高一點兒
茅草在長個兒

白色的茅草花
害羞得快要萎縮了
芒草想用自己的影子遮住它

—— 再長高一點兒
—— 再長高一點兒
太陽磨磨蹭蹭不願落下

大筐裡
才裝了那麼一點兒草
割草的小女孩真可憐

井口

媽媽洗衣服
我往盆裡一看
有很多肥皂泡
映著小小的天空閃爍
映著小小的偷看的我

我還能變得這麼小啊
我還能變得這麼多啊
好像是我施了魔法

做個好玩兒的遊戲吧
一隻蜜蜂停在吊桶的繩上
我也想變成蜜蜂跟它玩兒

忽然，我不見了
媽媽不要擔心啊
我在這兒的天上飛呢

這麼藍的天
觸碰我的翅膀
是多麼、多麼的舒服啊

飛累了就停在石竹花上
一邊吸著花蕊裡的蜜
一邊聽著花的故事

如果不變成小蜜蜂
就聽不到的故事
我一直聽到天黑呢

總覺得變成蜜蜂了
總覺得飛在天上了
我好開心啊

水和影子

天空的影子
映滿水中

天空的潭水
也映著樹叢
和野薔薇
　　水很誠實
　　映出所有的影子

水的影子
在樹叢的繁茂處閃爍

明亮的影子啊
清涼的影子啊
晃動的影子啊
　　水很矜持
　　把自己的影子映得那麼小

玻璃與文字

玻璃
看上去透明得
空無一物

可是
很多玻璃疊起來
就會像大海一樣藍

文字
如同螞蟻
又黑又小

可是
很多文字聚集一起
就能寫成黃金城堡的故事

大提籃

提籃、提籃
大提籃
走到廣闊的田野，往籃子裡
裝滿採來的艾蒿
連城裡的孩子都來摘

可是，哪個孩子都不知道
長在田野的艾蒿
為了賣到城裡去
鄉下人已把它們摘下

　　即使到了女兒節，也不過剛入春
　　剛剛發芽的艾蒿
　　摘了它就會枯萎
　　摘了它就會枯萎

提籃、提籃
大提籃
每個孩子、每個孩子都很開心

花的使者

白菊、黃菊
雪一樣的白菊
月一樣的黃菊

大家都在看
我和花
　　（菊花很美
　　我拿著菊花
　　所以我也很美）

姑姑的家雖然很遠
但暖暖的秋天真棒
當花的使者可真棒

倉庫

倉庫裡有些微暗
庫裡堆放的
都是昨天的東西

角落裡的長板凳
夏日裡，我在上面
點燃過線香焰火

插在房樑上的一束
燻黑了的櫻花
廟會時曾插在房檐下

最裡面放著的
啊，那是一架紡車
很久很久以前
奶奶好像曾用它紡過線

到現在，那輛紡車還在夜裡
紡著漏進來的月光吧
　　藏在房樑上的壞蛋蜘蛛
　　一直想得到它
　　把吐出的絲
　　變成詛咒的網
　　白天睡覺的紡車並不知道

倉庫裡有些微暗
庫裡的東西令人懷念
過去的日日夜夜
都被掛在了蜘蛛網上

我的頭髮

我的頭髮亮亮的
因為媽媽常撫摸

我的鼻子低低的
因為我總是擤它

我的圍裙白淨淨
因為媽媽經常洗

我的膚色黑黝黝
因為我常吃炒糊的豆

哥哥挨罵

因為哥哥挨罵了
從剛才我就在這兒
把無袖褂的紅帶子
結了解開，解了再結

然此同時，屋後的空地上
從剛才起就有小朋友在玩跳房子
偶爾還能聽到老鷹的叫聲

墳墓

籬笆修在
墓地的後面

墓群
從那以後
就看不見大海了

也看不見孩子們
乘著小船在海上來來往往

籬笆修在
海邊的路旁

我們
從那以後
就看不見墳墓了

連以前最喜歡的
那座小小、圓圓的墓也看不到了

第一場小冰雹

小冰雹
小冰雹
接在手中
春之夜
我突然想起了
女兒節

熟悉的鄰家人偶
在這樣的夜晚
躺在昏暗的倉庫一角
各自的紙箱裡
聽著冰雹
啪啦啪啦，斷斷續續地
擊打雨棚的聲音

小冰雹
小冰雹
第一場小冰雹

月亮

黎明的月亮
掛在山邊
籠子裡養的白鸚鵡
睜開惺忪的睡眼：
—— 哎呀，我的夥伴，打個招呼吧

白天的月亮
映在池塘底
戴草帽的孩子在岸邊
架好了魚竿盯著它：
—— 太漂亮了！想釣上來，能釣住嗎？

傍晚的月亮
藏在枝頭
一隻紅嘴鳥兒
眼珠滴溜溜轉：
—— 熟透了呢，真想啄上一口啊

白帽子

帽子
暖和的帽子
愛惜的帽子

可是，沒辦法
不見的東西
就是不見了

不過，帽子啊
拜託你了
可不要掉進水溝裡
最好輕巧地掛在
哪棵高高的樹枝上
為像我一樣笨手笨腳
還搭不好窩的可憐的小鳥
變成一個暖和的鳥巢吧

白帽子
毛線帽子

除夕與元旦

哥哥收賬
媽媽布置房間
我準備歲末禮品
小鎮上的人行色匆匆
陽光普照下
小鎮充滿了光明

淡藍色的天空上
老鷹悠閒地畫著圓圈

哥哥穿著帶家徽的和服
媽媽穿著正裝
我也穿上和服
小鎮上的人都在遊玩
家家戶戶的門上都插著門松
冰霧消散

淡藍色的天空上
老鷹畫出巨大的圓圈

冬天的星

霜夜的
街道上
姐姐
仰望著夜空
說：
——靜靜地
　　冷冷地
　　說「再見」

霜夜的
空中
群星裡
最藍的
那顆星星說：
——正好
　　想對你
　　說呢

晨蜘蛛

從早晨開始尋找晨蜘蛛
一大早不知為何這麼開心
今天蜘蛛一定會出現吧

媽媽也不知道
活著的爸爸住在遠方
今天要來迎接我

我趕緊梳好頭
穿上喜歡的衣服
然後乘上紅馬車

紅馬車經過的路邊
長著白色的芒草
野菊也開著小小的花吧

經過插著旗幟的小村子
經過響著鐘聲的寺院
經過潮濕、陰森的森林

然後，在晚霞即將消失時
能看到對面的對面
有座像城堡一樣大的房子

爸爸會迫不及待地
從門口跑過來吧
我也會急忙從馬車上跳下來吧

我會喊一聲「爸爸」
不不，我會一聲不吭
因為太過於興奮

一大早不知為何這麼高興
從早晨開始尋找晨蜘蛛
今天應該會有什麼好事吧

店裡的事

冰雹突然
從側門滾進屋
客人身上掛著冰雹
一起進來
——晚上好
　　歡迎光臨

鐘錶滴答滴答
鳴響在客人的手腕上
混雜著冰雹聲
一起歌唱
——再見
　　再見，多謝惠顧

手錶滴答滴答
邊響邊離開店鋪
一直聽到它不再鳴響
才忽然發現
冰雹早已停了

去年

小船，我看見了看見了
在正月、元旦
沒升彩旗，只揚起黑帆
駛出這座港口

小船，那艘小船
被今日新年的太陽追趕
船上載的
是變舊的去年吧？是吧？

小船，漸行漸遠
在目的地
有去年停靠的港口嗎？
有誰在等待著去年嗎？

去年，我看見了看見了
那在正月、元旦
乘著揚起黑帆的小船
向西、向西奔逃而去的身影

玻璃中

坐在被爐旁
透過拉門的彩玻璃
看得見外面的雪
像花瓣一樣飄

走在雪天裡
去後院的小木屋取木柴
姥姥的背影
一晃就不見了

街道

通過、通過
春日的街道
通過、通過
豎著通過

運貨馬車、手推板車
汽車、自行車

通過、通過
白色的路
通過、通過
橫著通過

是乞討的孩子
和煙塵的影子

我

我無處不在
我之外還有一個我

在路邊店鋪的窗玻璃裡
回到家了就在鐘錶裡

在廚房的盤子裡
雨天，在路上的水窪裡

可是為什麼，不論什麼時候看
我都不在天空中呢？

酢漿草

跑著爬上
寺院的石階

拜完神佛
跑下時
不知為什麼，突然
想起

石縫裡
酢漿草
小小的
紅葉
——就像往昔
　　曾看到過的那樣

貝殼和月亮

浸在染坊的
染缸裡
白絲變成深藍

浸在藍色的
大海裡
白貝殼為什麼還是白的？

浸在晚霞的
天空中
白雲變成紅色

浮在深藍的
夜空中
白月亮為什麼還是白的？

絹帆

國王吩咐說
掛在禦船上的帆得越薄越好

淡紫色的薄絹帆
港口的街巷透過它如同繪畫
雖美麗無比，可是
大風颼地
刮破了一個洞

國王又下命令
為了不被風刮破，得給風留好通路

淡紫色的薄絹帆上
繡著國王的徽章
雖美麗無比，可是
大風颼地
穿帆而過
禦船
卻一動不動

汽車

跑過去的
汽車
映出
我的影子

汽車
駛過
我的影子
也立刻消失

在遠遠的
城鎮盡頭
春日黃昏的
雲朵下

汽車喲
啊啊，此刻
你映著誰的身影

小鎮與飛機

因為天上飛來了飛機
小鎮裡的人都跑出來看了

點心店裡空無一人
理髮店的鏡子裡也沒了人影

大家都張著口
看著春日的天空

像飛翔的鳥群
傳單在天空飛舞

還有幾張飄到我家院子裡
變成櫻花紛紛揚揚

飛機飛過了天空
整個小鎮都張著嘴發愣

桃花瓣

矮矮的綠色
春草
桃樹把桃花給了它

乾枯冷清的
竹籬笆
桃樹把桃花給了它

又濕又黑的
田地
桃樹把桃花給了它

太陽公公
高興地
呼喚桃樹的花魂

（從草上
從田間
煙靄緩緩升起）

鏡框裡面

鏡框裡面人來人往
玻璃映著人來人往

穿白色浴衣的阿姨
踏著紅草莓而去

撐著黑遮陽傘的藥商
越過一串串葡萄而去

紅草莓不怕踩
紫葡萄數不勝數

鏡框裡面有一個美麗的國度
是誰也進不去的美麗國度

鏡框裡面人來人往
正午的小鎮人來人往
一個人待在房間也很快樂啊

梨核兒

梨核兒是要扔掉的，所以
連核兒都吃的是小氣鬼

梨核兒是要扔掉的，但是
隨地扔核兒的是壞孩子

梨核兒是要扔掉的，所以
丟進垃圾箱的是乖孩子

隨地扔掉的梨核兒
螞蟻高高興興地拖回家
「壞孩子，謝謝啦」

丟進垃圾箱的梨核兒
被收垃圾的老頭
一聲不吭地咕隆咕隆拉走

橙花

每次
哭哭啼啼的時候
就會聞到橙花的香

不知從何時起
就算我鬧彆扭
也沒人來找我

已經看膩了
螞蟻
從牆縫列隊爬出

牆內
庫房中
傳來誰的笑聲

一想起來
我就不由得哭鼻子
這時，總能聞到橙花的香

碗與筷子

即使是正月
我的紅繪碗上
花朵也會盛開

即使四月來臨
我的綠色筷子上
花朵也不會綻放

推車

推車
一個勁兒地
哎喲哎喲，好重呀
上坡路
汗水滴滴答答
落在地上

推車
一個勁兒地
哎呀哎呀，好快呀
下坡路
路上的小石子
變成了格紋

推車
一個勁兒地
只朝
下面看
發現了
鮮紅的玫瑰花

假如我是男孩子

假如我是男孩子
我想成為
那個四海為家的海盜

把船塗成海藍色
再掛上天藍色的帆
無論到哪兒，誰都發現不了

航行在無邊的海上
若遇到強國的船隊
我就威風凜凜地說：
「來吧，為你們送上滾滾海潮」

若遇到弱國的船隊
我就和和氣氣地說：
「諸位，請把你們國家的故事
一個個都留下來」

不過，這樣的惡作劇
也僅限於空閒的時候
最重要的工作
是要發現把故事裡的寶物
都運往「往昔」之國的
壞蛋們的船

一旦發現壞蛋們的船
我會英勇作戰
把搶來的寶物一個不剩地奪回
隱身衣、魔法的洋燈
唱歌的樹、七里靴……
把我的船裝滿
蔚藍色的帆會盈滿風
在廣闊的藍天下
在寂靜的碧海上
衝向遠方

假如我是男孩子
我是真想走一遭

從火車窗口望去

山上的紅色
那是什麼呀

那是野漆樹、長滿了紅葉
紅中泛黑看起來有點可怕

鄉間的紅色
那是什麼呀

那是熟透的柿子
紅裡帶黃看起來很好吃

天上的紅色
那是什麼呀

那是火車燈的光影
寂寞的紅、死去的紅

心

媽媽
是大人，個兒高高的
可媽媽的心
卻小小的

媽媽說，那是因為
小小的心裡只夠裝下小小的我

我是孩子
個兒小小的
小小的我
心卻很大

因為我的心裡
除了能裝下個兒高高的媽媽
還有空間來想很多事呀

受傷的手指

白色繃帶
看著就討厭
我忍不住哭了

借來姐姐的絲帶
繫成一個紅色小鹿結
手指立刻變成了
可愛的小娃娃

要是在指甲上
畫一張臉
不知不覺間
就忘了疼痛

西洋鏡

圍著西洋鏡
看的
都是小孩子

一直到去年
每次和媽媽去拜佛
經過那裡時
我都忍不住側臉去看
走過去
含著手指頭
走過去

今天
我一個人來到這裡
拿著亮閃閃的銀幣

可是新來看西洋鏡的
也全是
小孩子

洗澡

和媽媽一起洗澡時
我討厭洗澡
因為媽媽會捉住我
像刷鍋一樣給我搓

但一個人時
我喜歡洗澡

在洗浴間可以做的事很多
其中最喜歡的
是在漂浮的小木片上
擺出肥皂盒
和香粉小瓶

　　（就像很多美味佳餚
　　擺滿黃金的桌子上
　　我變成印度的國王
　　泡在開滿白荷紅蓮的
　　美麗的池子裡
　　享用清爽的晚餐）

雖然媽媽以前禁止我
把玩具拿進浴盆
但有時鄰居家的花瓣
會飄來水面變成小船
有時我的手指
會施展魔法變長

誰也不知道我的小祕密
其實我很喜歡洗澡

海浪

海浪是孩子
牽著手，笑著
結伴過來

海浪是橡皮
將沙灘上的文字
全部擦去

海浪是士兵
從海上湧來
一起砰砰砰地開槍射擊

海浪是健忘者
把漂亮的貝殼
遺忘在沙灘

我與小鳥與鈴鐺

雖然我即便張開雙臂
也不能在天空飛翔
但能飛的小鳥也無法像我一樣
能在大地上快跑

雖然我即便搖晃身子
也不能發出清脆的聲響
但能響的鈴鐺也無法像我一樣
會唱很多歌

鈴鐺、小鳥與我
大家各不相同，大家都很棒

金色的小鳥

樹葉變成了黃金
我也變成黃金吧

遙遠的國度
國王的使者
一定、一定會抬著鑲滿寶石的轎子
來迎接我

黃金的樹葉落了
落葉仍是黃金色

明天，一定會變吧
漆黑色的我變成黃金色的我

黃金的樹葉腐爛了
黃金定會腐朽
漆黑發亮

落葉

屋後落葉滿地
趁著還沒人知道
悄悄去打掃吧

想到要一個人打掃
便一個人開心起來

剛掃了一掃帚
外面就來了樂隊

等會兒再掃，等會兒再掃
我邊喊邊趕忙跑出去
跟著樂隊直到街角

回來再看時
已經有人把落葉打掃乾淨
一片不留地扔掉了

女王

如果我是女王
我要召集全國的點心鋪
讓他們建一座點心塔
然後我坐在塔頂的椅子上
舔著甜甜的鉛筆
簽署各種法令

首先我要寫
「住在我國的居民
不准把孩子
一個人留在家裡」

這樣的話，就沒有
像現在的我一樣寂寞的孩子了吧

接下來，我要寫
「住在我國的孩子們
不准擁有
比我的皮球還大的皮球」

這樣的話，我也會變得
不想要大皮球了吧

海與山

從海上來的
是什麼

從海上來的
是夏天、風、魚
和香蕉簍

之後乘著新造的船
從海上來的
是住吉祭

從山上來的
是什麼

從山上來的
是冬天、雪、小鳥
和馱著木炭的馬

之後乘著交趾木的落葉
從山上來的
是正月

山裡的孩子，海邊的孩子

從山裡進城的孩子呀
你在城裡看到了什麼

沒被傍晚十字路口
湧動的人潮踩踏
茱萸像林中小屋的一縷燈光
孑然凋謝

從海邊進城的孩子啊
你在城裡看到了什麼

有軌電車道上的水窪
映出美麗的藍天
像白天孤單的星星
水面上浮出魚鱗雲

石榴葉和螞蟻

石榴葉上有一隻螞蟻
綠色的石榴葉很大
在背陰處的上方
石榴葉為了螞蟻紋絲不動

可是，為追尋美麗的花朵
螞蟻踏上了旅途
通往石榴花的路程很遠
葉子默默地看著

等它來到花朵旁邊
石榴花已經凋謝
落在庭院潮濕的黑土上
葉子默默地看著

一個孩子撿起石榴花
她不知花裡有一隻螞蟻
拿著花跑走了
葉子默默地看著

花簪子活了

背著胖弟弟的漁家女孩
頭髮亂蓬蓬的。「真不錯呀」
飛過來的麻雀想停下搭窩
紅紅的大麗花卻著了火
「好燙、好燙」
麻雀叫著飛走了

傍晚，花簪子枯萎了
便把它從頭髮上拔下扔掉
從海邊回來的媽媽
為女兒梳頭
麻雀在屋簷下
搭了窩

星期六星期天

星期六是葉子
星期天是花兒

把掛曆上的
葉子摘下來
星期六的晚上
多熱鬧呀

花兒馬上
就要枯萎

把掛曆上的
花兒摘下來
星期天的晚上
多寂寞呀

草叢蚊子之歌

嗡嗡、嗡嗡
樹蔭下看到一輛嬰兒車
睡著的寶寶好可愛啊
讓我在他的臉蛋上輕輕親一口吧

嗡嗡、嗡嗡
哎呀呀，寶寶哭了
小保姆哪去啦，去摘花了嗎？
跑過去在耳邊告訴她

啪、啪
哎呀，太危險了，真嚇人
巴掌忽然揮過來
哎呀呀還好保住了小命

嗡嗡、嗡嗡
草叢裡的家儘管很陰暗
還是回家吧
回去跟媽媽一起睡吧

打陀螺

以前流行的尪仔標遊戲
以前流行的打彈弓
都被學校禁止了

最近流行的打陀螺
也被學校禁止了

大家都偷著玩
我有時也想玩

但是，我想起了
那些連走路都被禁止的
石頭和草木

老大

等我當上老大
巷子裡的淘氣鬼若對我失禮
我便昂首闊步
策馬飛奔

等我當上老大
田間的稻草人若對我失禮
我會彬彬有禮地以牙還牙

等我當上老大
父親若來訓我
我就讓他騎上我的馬

不可思議

我覺得很不可思議
從黑雲落下的雨
居然閃爍著銀光

我覺得很不可思議
吃著綠桑葉的蠶
居然變白

我覺得很不可思議
誰也沒有觸碰
牽牛花居然會獨自綻放

我覺得很不可思議
無論問誰誰都會笑
居然說那是理所當然的

運貨馬車

馬
想踩一下自己影子裡
那奇怪的耳朵
低著頭匆匆趕路

車夫
坐在空蕩蕩的馬車上
叼著一支大煙袋
悠然地望著天

天空中
雲朵閃爍
昨夜的火災如一場謊言
小鎮的春天就要來臨

原地踏步

蕨菜一樣的雲朵出現
天空中春天來了

一個人仰望藍天
一個人原地踏步

一個人原地踏步
一個人笑起來

一個人笑
別人也跟著笑起來

枸橘籬笆吐新芽
小路上春天也來了

漁夫孩子的歌

我會出海吧
    等我長大那天
    而且還是這樣風平浪靜的日子
    被沙灘上的小石子們目送
    孤獨地、勇敢地

我會登上一座小島吧
    被暴風席捲
    在七天七夜之後的黎明
    朝著我一直嚮往的
    那一座、那一座島嶼的岸邊

我會寫信吧
    一個人搭好的小屋裡
    一個人快樂地吃著
    一個人採來的紅果子
    寫著「致遙遠的日本諸君」
    （對了，我得讓鴿子
    把信捎過去）

然後，我會等待吧
    總是欺負人的
    那些城裡的孩子們
    會坐在紅色的小船上
    來找我玩兒

是的，我會等待吧
    就這樣閒躺著
    望著藍天與大海

扮店家

杏樹的後面
開了三家店
店面雖不同
但擺出的商品
都是同樣的草葉
叫不上名字的草葉
因為沒有名字
叫它什麼都行

點心鋪裡
有小鳥龜脆餅
鞋店裡
有草鞋和漆木屐
魚店裡
有小鯛魚和比目魚

請進請進，開店啦
都來瞧一瞧啊
帶足小石子的
錢幣

三家店鋪並排開
店鋪的前面
杏花
紛紛飄落

花津浦

在海邊眺望花津浦
耳邊響起「從前，從前」的故事
每次眺望花津浦
寂寞的心
就會想起

「從前、從前」
被我問起花津浦
名字由來的
郵局叔叔
他現在在哪兒，做著什麼？

駛過花津浦的
那艘船
遠遠地
不見了蹤影

現在，大海在夕陽中燃燒
現在，仍有船穿行在海上

「從前、從前」呀
花津浦呀
一切都回到了從前

弁天島

「島這麼可愛
又這麼珍貴
我要套上繩索，把它拉走」

北國的船夫，有一天
笑著這麼說

騙人、騙人，我雖這麼想
但黑夜讓人心慌

早晨，心撲通撲通地跳著
我跑到了海邊

弁天島還浮在波濤上
披著金色的陽光
散發本來的綠

王子山

因為要建造公園
栽下的櫻花樹都伐倒枯萎了

但被砍伐的雜木樹樁
全都冒出了芽

樹叢間閃爍著的銀色大海
我的小鎮就在那裡
像龍宮一樣浮出海面

銀色的瓦和石頭圍牆
朦朧如夢

從王子山眺望小鎮
我也喜歡上了小鎮

這裡沒有曬沙丁魚的味道
只有嫩芽的清香

小松原

小松原的
松樹越來越少了

總是伐木的老爺爺
正鋸著巨大的木材

鋸子時推時拉
海上的白帆也時隱時現

波濤上，海鷗飛翔
天空中，雲雀鳴叫

海上天上都是春天
松樹和伐木者卻顯得孤寂

到處都在
建新房
小松原的
松樹越來越少了

極樂寺

極樂寺的櫻花是八重櫻
八重櫻
外出辦事時我會來看它一眼

在巷子的十字路口轉彎時
轉彎時
我會偷偷看它一眼

極樂寺的櫻花是土櫻花
土櫻花
淨在泥土上綻放

帶上海苔飯糰的便當
帶上便當
我去賞了櫻

波橋立

波橋立是個好地方
右邊是湖，鸊鷉在戲水
左邊是外海，白帆飄過
中間是松原，小松原
清爽的風在吹
　　　海上的海鷗
　　　與湖上的
　　　野鴨嬉戲
　　　太陽西沉
　　　藍月亮升起
　　　湖的主人
　　　在海邊
　　　拾貝殼
波橋立是個好地方
右邊是湖，層層漣漪
左邊是外海，滔滔波浪
中間是石原，小石原
咔嚓咔嚓踩著石子走過

大泊港

山祭回來的路上
與送我的伯母
告別下山時
美麗的大海在杉樹的樹梢間
一閃一閃

海上的桅杆，停泊的船
岸上三三兩兩的草屋房頂
都像是在天空
都像是在夢裡

下了山就是蕎麥田
在田地盡頭能看到的
果然是大泊
這一古老而冷清的港口

祗園社

松葉
撲簌簌地落下
神社的秋天
很冷清

祈願之歌呀
煤氣燈呀
繫著紅帶子的
肉桂呀

如今
在破舊的冰店中
只有秋風
颯颯地吹

雪

在無人知曉的原野盡頭
綠色的小鳥死了
　　在寒冷、寒冷的黃昏

想要埋葬死鳥時
天空就撒下了雪
　　深深、深深地，無聲無息

人們還不知道，村落裡
家家戶戶靜靜地佇立
　　披著白色、白色的孝衣

終於等到天亮
晴空萬里的天
　　湛藍、湛藍又美麗

為小小聖潔的靈魂
通往天堂
　　讓出一條寬寬、寬寬的路吧

栗子、柿子與繪本

伯父寄來的栗子
是丹波的山栗

栗子中夾著一片
丹波山的松葉

姑姑寄來的柿子
是豐後村裡的柿子

柿子蒂上爬著一隻
豐後村的小螞蟻

從我小鎮的家裡
寄來了美麗的繪本

但打開郵包時
除了繪本，還會有什麼呢

向日葵

太陽公公的車輪
是美麗的黃金車輪

行走在藍天時
發出黃金的聲響

行走在白雲上
看見了小小的黑星星
天不知，地也不知
為了不輾著黑星星
車輪拐了個急彎

太陽公公被甩出車
滿臉通紅，惱羞成怒
美麗的黃金車輪
被遠遠地丟到了人間
很久很久以前就被丟下了人間

現在，黃金的車輪
仍充滿思慕地環繞著太陽

狗與繡眼鳥

大狗的叫聲
雖很討厭

繡眼鳥的叫聲
卻特別惹人喜歡

我的哭聲
像哪一個呢

洋娃娃與孩子

（洋娃娃）
　一、二、三
　小姑娘馬上要眨眼啦
　趕緊趁機伸個懶腰吧

（孩子）
　哎呀、哎呀、哎呀
　真是沒規矩的洋娃娃
　剛剛才把你擺放好

大浴池

很大
很大的浴池
浴盆是白砂
天花板是藍天
誰來洗
都不收錢

這兒有我和西瓜皮
那兒有弟弟和玩具龜

在看不見的浴盆邊上
中國的孩子也在泡澡
黑膚色的印度孩子也在遊玩

連著世界的
大浴池
美麗的大浴池

陰曆九月十三的夜晚

今早下過的
陣雨
夾雜著小冰雹

從昨天開始
突然刮起了冷風
母親糊上了拉門

現在是連雲朵
都看不到的
涼颼颼的九月十三的夜晚

草叢中
鳴叫的蟲子
忽然變少了

祖母的病

因為祖母生病了
院子裡長滿了草

花開時，祖母每天早晨
為供奉佛祖剪下的
玫瑰，葉子上全是蟲孔
草杜鵑也枯萎了

從鄰家跑來的雞
不知為何也歪著脖子

白天悄然無聲
秋風吹著
家變得像無人的空房子

致雪

落在海裡的雪變成海
落在街上的雪變成泥
落到山上的雪還是雪

還有尚未落下的雪
你喜歡哪一種？

捕鯨

海濤怒吼的
冬夜
一邊炒栗子
一邊聽故事

很久、很久以前，去海裡捕鯨
就在紫津浦這片海

海浪翻滾，季節是冬天
狂風卷著雪片
交織一起的是魚叉的繩索

鯨魚的血
把岩石和小石子染成紫紅色
連海水和海岸也染成了紫紅色

漁夫們穿著厚厚的棉衣
站在船頭盯著海面
在鯨魚無力掙扎時
立刻脫掉衣服，光著身子
跳進波濤翻滾的海中
── 那是很久、很久以前的事
我聽著故事
心砰砰直跳

現在鯨魚不來了
海濱變窮了

海濤怒吼的
冬夜
聽完鯨魚的故事
我才意識到──

在山丘

頭上是藍天
腳下是青草

童話裡常出現的
公主很漂亮

可是，她的金皇冠
比藍天小

好看的金鞋子
沒有青草柔軟

頭上是藍天
腳下是青草

站在山丘上的我
才是更漂亮的公主

歌

感冒好了
走出家門
大家都穿上無袖褂

大家唱著歌
仔細聽
（好呀、好呀，我們愛在外面玩耍）

一邊聽著陌生的歌
一邊把手插在懷裡
望山
山紅葉遍滿

周日下午

手裡拿著的是
藍白相間的
十二竹

拿著竹子玩耍的美鈴姑娘
被人叫去幹活了

從早上就在琢磨
周日一整天都沒複習
玩得很累，錯過了吃點心的時間

晴空裡只能看到
澡堂的煙囪
和白晝的月亮

周日的早晨

藍西裝
和爸爸
去了
圓屋頂的教堂

白圍裙
和媽媽
在十字路口
賣著早報

夏天來了
天空蔚藍

在教堂的
圓屋頂上
昨天飛來的燕子停在那裡
張望

街角的乾貨鋪
　　── 真實記錄我的老家

街角乾貨鋪的
裝鹽的草袋
照著它的陽光
已傾斜

第二家空房子裡的
空草袋
被遺棄的小狗
戰戰兢兢地躲進去

第三家酒鋪中
裝炭的草袋
從山裡來送貨的馬
正吃著乾草

第四家是書店
我躲在招牌的
影子下
眺望遠方

搖籃曲

睡吧睡吧
太陽下山啦
摘回的紅色紫雲英
也睡啦
低垂著細綠的脖頸
睡覺啦

睡吧睡吧
太陽下山啦
山丘上的白房子
也睡啦
閉上藍色的玻璃眼
睡覺啦

睡吧睡吧
太陽下山啦
突然睜開眼的
只有電燈泡
和森林裡的
貓頭鷹

鯨魚的法事

鯨魚的法事在春末舉行
那時海裡能捕到飛魚

那時海邊寺院敲響的鐘聲
顫悠悠掠過海面

那時村裡的漁夫穿著和服外褂
匆匆趕往海邊寺院

海上的一頭小鯨魚
一邊聽著鐘聲

一邊想念死去的父母
想著、想著哭起來

掠過海面的鐘聲
能響徹多遠呢

十二竹

輸光借了兩貫錢
煩得無處
發洩時
抓起一把碧綠的十二竹
狠狠地扔到地上
表面
泛著
微亮的白光
走廊裡
陽光明媚

十二竹啊
沒還上錢
就把它扔掉
映在我
泛著淚光的眼裡──

青蛙

誰都討厭俺
誰都討厭俺
無論什麼時候大家都討厭俺

不下雨時，草兒們說：
「為什麼不叫，偷懶的青蛙」
俺能知道天不下雨嗎？

下雨了，孩子們說：
「都賴青蛙叫，才下起了雨」
一起撿起小石塊砸俺

真傷心，真委屈
這次俺不停地叫著「下雨、下雨、下雨」

可天卻突然放晴
彩虹像在戲弄俺一樣架起

看板

再見
再見——

火車的紅色尾燈
消失在無邊的黑暗中

想開了
轉過身
春天美麗的夜色
閃爍在城市的上空

看板的紅燈
轉眼間變成了綠燈

傍晚

昏暗的山裡有紅窗
窗裡面好像有什麼

有空空的搖籃
和含淚的母親

明亮的天空有金月亮
月亮上面好像有什麼

那是黃金的搖籃
寶寶在裡面睡覺覺

蠡斯爬山

蠡斯爬山
一大早就開始爬
　　嘿喲、嘿喲嘿

山上升朝陽，原野掛晨露
蠡斯蹦蹦跳跳，精力十足地爬
　　嘿喲、嘿喲嘿

在那座山頂上，蠡斯的觸鬚
能碰到秋日冰涼的天空
　　嘿喲、嘿喲嘿

跳一下，再跳一下
就能跳到昨夜看到的星星那兒
　　嘿喲、嘿喲嘿

太陽好遠啊，真冷啊
那座山、那座山，也遠著呢
　　嘿喲、嘿喲嘿

看到這朵白桔梗花沒？
還在花朵上睡了一晚，沒想到吧
　　嘿喲、嘿喲嘿

山上升月亮，原野掛夜露
喝著露珠睡吧
　　啊—哈啊—哈打哈欠，好睏啊

不倒翁之歌

白組贏啦
白組贏啦
大家齊舉手
高喊「萬歲」
看著紅組
高喊「萬歲」

紅組
一言不發
秋天正午的
陽光
照著滾動的
沾滿土的紅色不倒翁

老師
我還要再說一句
「萬歲」的喊聲
變小了一點

跳舞的娃娃

跳舞的娃娃站在箱子上
今天也踩著拍子旋轉

以前在夜攤的瓦斯燈下
擠著七八張滿眼渴望的臉蛋

轉過身就是幽暗的大海
船燈忽明忽暗

跳舞的娃娃想起了
自己越過的遙遠海路

即使眼裡噙著淚水
腳也得不停地旋轉

轉啊轉啊，夜深了
瓦斯燈下只剩兩個穿浴衣的小女孩

感冒

隨風飄香的
橙花啊
橙園裡的
橙樹上
有我昨天
才搭好的秋千

今天感冒啦
躺在床上呢
剛剛來過的
留鬍子的大夫
是不是給我開了
很苦的藥？

雪白
飄香的
橙花啊

不認識的阿姨

一個人透過
杉木圍牆往外看
不認識的阿姨
從圍牆外走過

我喊了一聲阿姨
她好像認識我一樣笑了
我也笑了
她笑得更燦爛

不認識的阿姨
是個好阿姨呀
盛開的石榴花
擋住了她的背影

謎語

猜呀猜呀猜謎語
有很多很多，卻怎麼也抓不住的是什麼
　　藍藍的大海，藍藍的海水
　　捧在手裡，藍色就消失了

猜呀猜呀猜謎語
什麼也沒有，卻能抓住的是什麼
　　是夏日正午的微風
　　扇子一扇就抓住了

是回音嗎

我：一起玩呀！
它：一起玩呀！

我：笨蛋
它：笨蛋

我：再不跟你玩了
它：不跟你玩了

於是，我
變得很寂寞

我：對不起
它：對不起

這是回音嗎？
不，它誰都不是

紙星星

想起了
醫院裡
有點兒髒的白牆

長長的夏日，一整天
都望著白牆

小小的蜘蛛網，雨水的痕跡
還有七個紙星星

星星上寫了七個字：
祝你耶誕節快樂

去年這個時候，那張病床上
被哄著睡覺的是什麼樣的孩子
在那寂寞的雪夜
孩子剪著紙星星

難忘
醫院牆上
燻髒的七個紙星星

大山與天空

如果山是玻璃
我也能看見東京吧
—— 像坐著火車
去了東京的
哥哥那樣

如果天空是玻璃
我也能看見上帝吧
—— 像變成了
天使的
妹妹那樣

數字

二加三等於五
五加七等於十二

剛上一年級時
在海邊撿石子
用它練習算術

現在要算
幾百、幾千、幾萬的
加減乘除
就得跟聖誕老人一樣
背上一大袋石子才行

能用輕輕的一支鉛筆
寫下的數字可真好呀

聰明的櫻桃

聰明透頂的櫻桃
某一天，在樹蔭下思考
等一下啊，我還很青澀
沒有禮貌的小鳥
吃了，肚子會疼的
還是好心藏起來吧
也是一種親切
　　藏起來，藏在葉子底下
　　鳥兒看不到，太陽
　　也看不到，忘了給它染色

終於長熟了，櫻桃
還在樹蔭下思考
等一下啊，養育我的是這棵樹
養育這棵樹的是那年邁的農夫
我可不能讓鳥兒銜走
　　於是，農夫拎著籃子
　　來摘櫻桃
　　藏在葉子下的櫻桃剩在了樹上

最後來了兩個孩子
櫻桃還在那兒思考個不停
等一下啊，孩子有兩個
可我只有一個
我可不能讓他倆吵架
還是好心不落下吧
於是，它在三更半夜落地
　　一只黑色的巨鞋
　　把聰明的櫻桃踩碎啦

睡衣

鐘錶
敲響八點
媽媽
給我換上睡衣

雪白、雪白的睡衣
穿著入睡
連夢都是白的
要是穿白天的花衣服
入睡
是不是能變成花？
穿帶蝴蝶圖案的正裝
入睡
是不是能變成蝴蝶？

可是，因為媽媽
給我穿
我就乖乖穿
白睡衣吧

沒玩具的孩子

沒玩具的孩子
多寂寞啊
送他玩具就不寂寞了吧

沒媽媽的孩子
多傷心啊
送他一個媽媽他就高興了吧

媽媽溫柔地
撫摸我的頭髮
我的玩具多得
箱子都裝不下

可我的寂寞
要送我什麼
才能治好呢？

暗夜

黑暗遼闊的原野上
有人在唱歌

高崗上成排亮燈的窗
有一盞熄滅了

遙遠廣袤的城市上空
星星變得模糊不清

我一個人在晾衣台上
吃著橘子眺望

野薔薇

白花瓣
開在刺叢
「喂，很疼吧」
微風
想要跑過來
幫它
它卻輕輕地、輕輕地
凋落了

白花瓣
落在地上
「喂，很涼吧」
太陽公公
想悄悄地照過來
讓它暖一暖
它卻變成茶色
枯萎了

冬天的雨

「媽媽，媽媽，快來看
下起雨夾雪了呢」
「啊，下著呢」
媽媽做著針線活回答道
—— 雨夾雪的街道上
　　大家都撐著相似的傘

「媽媽，再睡七天覺
新年就要到了吧」
「啊，要到了」
媽媽縫著新衣回答道
—— 泥濘的街道若是河就好了
　　若是遼闊的大海就更好了

「媽媽，街道上過船啦
嘎吱、嘎吱，搖著櫓」
「好啦，小傻瓜」
媽媽眼都不抬地回答
—— 我無聊地把左臉
　　貼在冷冰冰的窗玻璃上

早春

球
飛過來
小孩緊跟其後

風箏
空中飄舞
海上傳來汽笛聲

春天
飄落而至
今日的天空湛藍

心
浮動著
高空的月亮皎潔

捉迷藏

捉迷藏，捉迷藏了
太郎和次郎都藏好
後院裡全是垂頭喪氣的鬼
　　（向日葵轉動了
　　　大約轉了五分鐘）
捉迷藏啦，你們在幹什麼

一個人爬到屋後的柿樹上
摘了幾個青柿子
一個人在傍晚的廚房
盯著鍋裡冒出的熱氣

那麼，鬼在幹什麼呢

聽見喇叭聲飛奔而出
跟著馬車跑走了

站在後院的
只有梧桐樹寂然高大的影子

凍瘡

在凍瘡
隱隱發癢的初冬
後院的山茶花開了

摘一朵插在頭上
然後再看看凍瘡
忽然覺得
我就像故事裡的養女

連泛著淺黃的晴空
看上去也變得蒼涼了

紅鞋子

天空昨天藍今天也藍
道路昨天白今天也白

水溝邊的花開了
開了朵小小的繁縷花

小男孩也換上新春衫
一步、兩步，開始走路

邁出一步就得意地
笑呀、笑呀，笑出聲

穿上新買的紅鞋子
小男孩學步吧，春天來了

鶴

神社水池中的
丹頂鶴呀

在你眼裡
世上的一切
全都
籠罩在網眼之中

　　無論是如此晴朗的天空
　　還是我小小的面孔

神社水池中的
丹頂鶴
在網中靜靜地
抖動翅膀時
山的那邊
有輛火車駛過

女兒節前夜

蛀牙好痛
牙好痛
小雨淅淅瀝瀝的
女兒節前夜

紙罩燭燈
不知何時熄滅了
女官和雜役
也睡著了吧

睡眼矇矓中看到
赤裸人偶
微微發白的
腳心

蛀牙好痛
牙好痛
夜深了，寂寥的
女兒節前夜

海浪的搖籃曲

睡吧、睡吧，嘩啦啦
嘩啦啦、嘩啦啦，睡吧。

　　海底的小貝殼
　　在海藻的搖籃裡睡著了

睡吧、睡吧，嘩啦啦
十五的月亮，高高掛

　　海灘上的小螃蟹
　　在軟軟的沙床上睡著了

嘩啦啦、嘩啦啦，睡吧
一覺睡到晨星泛白的黎明

明天

在街頭碰見
母子倆
無意間聽到他們說
「明天」

小鎮的盡頭
晚霞紅遍
春天已
近在眼前

不知為什麼
我也高興起來
因為想的也是
「明天」

牽牛花

藍色牽牛花向著那邊開
白色牽牛花向著這邊開

　　一隻蜜蜂
　　繞著兩朵花

　　一個太陽
　　照著兩朵花

藍色牽牛花向著那邊謝
白色牽牛花向著這邊枯

　　到此結束啦
　　那好吧，再見

撿碎木片

朝鮮人的孩子在摘什麼呢
是綻放的紫雲英還是艾蒿？
　　　不不，草都枯萎了

朝鮮人的孩子在唱什麼呢
是朝鮮人的歌？
　　　不不，是日本的童謠

朝鮮人的孩子很快樂
撿著散落的碎木片
　　　在木材廠後院廣場

撿來的碎木片紮成捆
頂在頭上回家
　　　在簡陋的小茅屋和媽媽一起
　　　燃起微微的紅火苗
　　　等待父親的歸來

學校
　　——寫給人

冰若融化
湖底
會有
一所學校吧

蘆葦的葉子影下
倒映著搖曳的
紅瓦
白牆

蘆葦枯萎了
學校雖然消失得
無影無蹤

但冰若融化
湖裡
還會有從前的影子吧

待蘆葦發芽
在湖底
鐘聲敲響的日子還會來吧

瘦小的樹

森林角落的樹說：
「嬌小美麗的知更鳥
到我的樹枝上來玩耍吧」

傲慢的知更鳥
站在別的小樹枝上啼鳴
「既沒好吃的紅果實，又沒好看的花
瘦小的樹
你不配邀請我這個森林女王啊」

　　　（不知是誰
　　　　聽到了之後
　　　　飛上天空去打了個報告）

傲慢的知更鳥
傍晚再來時嚇了一跳
瘦小的樹，在它的樹梢上
金黃的果實閃閃發光

　　　（圓圓的、十五的月亮）

初一

初一，初一
早晨美麗的天空
今天我開始穿單衣

初一，初一
巡警也換上白制服
佩戴的黑紗很醒目

初一，初一
晚上，和尚來家念經
之後可以吃到祭祀的點心

初一，初一
碧空如洗
小鎮的夏天從今天開始吧

黎明之花

神社裡鼓聲響起
花兒們還在熟睡

泛白的晨霧中
花兒們入神地傾聽
從遠方朝這兒駛來的車輪聲
再聽它漸行漸遠

那個夾雜在夢裡的聲響
載著花兒們的心
駛向遠方陌生的鄉村

無名的雜草和野花
依然載著昨日的塵埃，今日的晨露
在路旁
迷迷糊糊地做著夢

小小的墓碑

小小的墓碑
圓圓的墓碑
爺爺的墓碑

把紫薇花
當做髮簪
是去年的事啦

今天過來一看
又有一片
白色的新墓碑豎起

以前的墓碑
去了哪裡？
都送去了石料鋪

今年的花
今年的紫薇花
散落在墓碑上

酸模

酸模,酸模
可找到你啦
在豆田的小道上

遠方的故鄉啊,從前啊
早就忘記的那種味道啊

　　這裡是大城市的背面
　　翻越一座山就有梯田
　　嗚嗚聲是輪船在鳴笛
　　隆隆轟響的不知是什麼聲音

酸模,酸模
嚼著你
遙望天空時
叫不出名字的候鳥
成群飛過,漸行漸遠

卷末手記

—— 寫完了
　　寫完了
　　可愛的詩集寫完了

雖然我手寫我心
心中並沒多少激動
好寂寞啊

夏天過去
已入深秋
寫詩不過是雕蟲小技
只不過心中空虛難消遣

寫給誰看呢
連我自己都不覺得滿意
好寂寞啊

（啊，終於
無法攀登而返回的
山的身影
消失在雲裡）

總之
明知空虛
卻在秋夜的燈下
專心致志地
寫下去

從明天開始
寫什麼呢
好寂寞啊

國家圖書館出版品預行編目(CIP)資料

Days of My Past: 512首詩，重返金子美鈴的純真年代／
金子美鈴（金子みすゞ）著；田原譯 ——初版——
新北市：臺灣商務，2020.11 面；公分——（Muses）
ISBN 978-957-05-3290-6（平裝）

861.598   109015472

Muses

Days of My Past
512首詩，重返金子美鈴的純真年代

作　　者　　金子美鈴
譯　　者　　田原
發 行 人　　王春申
總 編 輯　　張曉蕊
責任編輯　　洪偉傑
美術設計　　霧室
業務組長　　何思頓
行銷組長　　張家舜
出版發行　　臺灣商務印書館股份有限公司
　　　　　　23141新北市新店區民權路108-3號5樓
電話：(02)8667-3712　　傳真：(02)8667-3709
讀者服務專線：0800-056193
郵撥：0000165-1
E-mail：ecptw@cptw.com.tw
網路書店網址：www.cptw.com.tw
Facebook：facebook.com.tw/ecptw

本作品繁體中文版譯稿經由上海雅眾文化傳播有限公司授權獲得

局版北市業字第993號
2020年11月初版1刷
印刷　　鴻霖印刷傳媒股份有限公司
定價　　新台幣570 元

臺灣商務官網

臺灣商務臉書專頁